저도 다 생각이 있어요

저도 다 생각이 있어요

어른들은 모르는 아이들의 마음

초 판 1쇄 2025년 01월 21일

지은이 황현우
펴낸이 류종렬

펴낸곳 미다스북스
본부장 임종익
편집장 이다경, 김가영
디자인 임인영, 윤가희
책임진행 이예나, 김요섭, 안채원, 김은진, 장민주

등록 2001년 3월 21일 제2001-000040호
주소 서울시 마포구 양화로 133 서교타워 711호
전화 02) 322-7802~3
팩스 02) 6007-1845
블로그 http://blog.naver.com/midasbooks
전자주소 midasbooks@hanmail.net
페이스북 https://www.facebook.com/midasbooks425
인스타그램 https://www.instagram.com/midasbooks

ISBN 979-11-7355-041-6 03810

값 **18,000원**

미다스북스는 다음세대에게 필요한 지혜와 교양을 생각합니다.

저도
다
생각이 있어요

황현우 지음

미다스북스

나는 초6이다. 방학을 맞아 글을 써 본다. 이 책은 나의 두 번째 책이다. 학교와 가정 안에서 일어난 일을 책으로 썼다. 아이들에게도 감정이 있다. 하지만 말하지 않는 것뿐이다. 이 책은 '아이와 많이 싸워서 소통이 되지 않는다.' 할 때 보면 좋다. 아이와 대화도 조금씩 된다. 보통 책은 한 번에 100페이지씩 보고 읽는데, 나의 글은 아니다. 하루에 한 문단이든 한 꼭지이든 자기가 보고 싶은 대로 보시는 것을 추천한다. 하나의 글에는 하나의 메시지가 있다. 많이 보면 기억을 다 하지 못할 수도 있다.

이 서사를 쓰며 사람들에게 솔루션을 전하고 싶다.

완벽하진 않지만, 조금은 도움될 것이다.

아이들과 다툼은 조금씩 거리를 둘 수 있게, 내가 도와드릴 것이다.

나는 많이 혼났다. 보통 아이들도 벌을 많이 섰을 것이다. 아이들은 글쓰는 게 좋은 것 같다. 요즘은 이제 고령화 시대가 되어 간다. 아이에 관해서 아는 사람은 점점 줄어 갈 것이다. 아이에 대한 책은 많이 나오지 못한다. 그러므로 사람들은 어린이에 대한 책을 구매할 것이다. 그래서 요즘은 글을 써야 한다.

네이버 검색 창에 '아이'라고 치면 많은 블로그, 지식인, 책이 나온다. 이렇게 많은 육아 책이 나와 있음에도 불구하고 이 책을 사 주셔서 고마운 마음을 품고 있다.

내가 5학년 동안 얻을 수 있었던 경험들을 여기에 모두 담았다. 이 책을 쓰며 나도 배우는 좋은 시간이 될 것 같다. 일석이조인 것 같다.

참고로 나는 벌써 한국어 잠언은 191번, 중국어 잠언은 94번, 영어 잠언은 74번 읽었다. 혹시라도 믿지 않는 사람이 있을까봐 밑에 링크를 적어두었다. 아래 링크에 접속하면 거의 20번은 읽은 잠언 영상이 나올 것이다. 이 글에는 안 나왔지만 집에서 다른 숙제를 했다는것도 잠언이 대부분이라고 보면 된다.

링크: www.youtube.com/@황현우어린이의3개국

제1장

우당탕, 모든 게 힘들다

1

○

학업,
가정 스트레스

나는 초5이다. 친구들을 많이 만난다. 그중에는 발표를 많이 하는 친구, 관심받으려고 하는 친구, 소심한 친구 각양각색이다. 집에서도 같다. 어떨 때는 엄마가 잘못해서 혼난 적도 있고, 다른 물건 때문에 혼났을 때도 있고, 내가 잘못해서 혼난 적도 있다. 오늘은 학교와 가정 안에서 느낀 것을 알아보자.

일어났다. 창문에서 햇빛이 비쳤다. 이불 안으로 들어가고 싶다. 하지만 7시 반이었다. 나는 먼저 씻으러 화장실에 갔다. 머리는 엉망진창이었다. 물을 틀고 나는 바로 샴푸를 했다. 나와서 똑같이 학교에 갈 준비를 한다. 언제나 꼼꼼하게 준비하지만 막상 뭔가 2%가 부족하다. 알고 보니 알림장을 가져오지 않았다. 있긴 있었는데 사인을 받아 오지 않았다. 역시 뭔가 기분이 이상하다 했다. 그래도 선생님은 다행히 내일 가져오라고 하셨다. 앞자리인 친구가 비웃었다. 왜 웃는지 모르겠다. 전까지만 해도 막 짜증 났을 텐데 지금은 그렇지 않다. 나는 5분단 세 번째 자리였다. 1교시는 수학이었다. 나는 수학을 좋아해서 채점 받을 때, 발표할 때, 늘 먼저 나선다. 언제나 수학 시간에 선생님은 수학 익힘 페이지를 알려 주시고, 우리가 수학을 푸는 것이다. 우리는 선생님이 빨리 채점하기를 기다린다. 보통 우리 반은 수익을 빨리 끝내고 선생님이 안 보이는 데서 수다를 떤다. 그런 친구들이 우리 반에 여섯 명 정도 된다. 우리 반 아이들은 스물세 명이니까 4분의 1은 떠드는 것이다. 그중 한 명에 Q가 있다. 선생님이 보는 것 같으면 연기를 한다. 내 눈엔 보인다. 점심시간이 됐다. 오늘의 급식은 맛있는 게 나오지 않았다. 가지무침, 시래기 된장국, 메추리알, 김치였다. 그나마 김치에 메추리알을 먹는 것이 제일 맛있어 보였다. 급식 당번은 분단 대로 한다. 오늘은 화요일이라 2분단이 급식을 나누어 주었다. 나는 급식을 조금 먹고, 나가서 피구를 할 것이다. 운동장으로 나갔다. 친구들은 보이지 않았다. 공은 우리 팀이 가져갔다. H 친구를 맞췄다. 등을 정석으로 맞췄다. 하지만 상대 팀 애들은 다 내 쪽으로만 던진다. 이게 실수인지 아닌지는 모르겠는데 계속 내 쪽으로 왔다. 우리 팀은 수다만 떨고 있었다. 내가 공을 잡았을 때 바로 팀 킬을 하고 싶었다. 하면 나만 손해라 참을 수밖에 없었다. 그래도 나는 마지막 판에 겨우 한 번 이기게 되었다. 내가 스타플레이어인 것 같다. 이겨서 다행이었다. 점심시간이 끝나고 반으로 들어왔다. 학교가 끝나고 집에 도착했다. U 친구랑 피파를 했다. 피파는 U에게 내가 항상 지지만 한두 번 이겨서 재미는 있다. 게임은 한 판에 10분이라 두 판을

저도 다 생각이 있어요

한다. 오늘도 두 판 다 졌다. 그래도 재미있었으면 된다. 아침에 하다 못한, 홈런을 한다. 오늘 점심시간에 피구를 할 때의 우리 팀은 다시 생각해도 짜증이 난다. 한두 번이 아니다. 또 다른 모든 것들에 신경을 쓴다. 예를 들면 화장실을 가도 "너 화장실 왜 가냐?"라면서 계속 참견한다. 짜증이 나서 선생님에게 말하려고 했다. 하지만 이런 건 문제가 안 될 것이다. 그리고 집에 와서 홈런을 했다. 홈런은 한 개의 과외이다. 야구의 홈런이 아니다. 재밌기도 하면서 힘들기도 하다. 근데 하필 오늘은 좀 지루했다. 홈런 안에는 국어, 수학, 과학, 사회, 영어 다 들어가 있다. 공부하는 데에는 좋지만 많이 힘들었다. 그래도 다 끝냈다. 지금 와서 내가 어떻게 끝냈는지 모르겠다. 오늘 나는 밥 먹으면서 있었던 일을 다 말했다. 엄마는 "그거 가지고 왜 그래. 사람이 그 정도는 버텨야지. 걔가 잘못한 건 너도 뭔가를 잘못한 거야."라고 하셨다. 생각하니까 엄마 말이 맞다. 그래도 공감 좀 해 주시지, 억울했다. 한마디 하고 싶었지만 참았다. 할 말은 많은데 더 혼날 것 같다. 아빠한테도 말했다. 내 말을 잘 들어 주고, 공감도 해 주었다. 역시 아빠다. 엄마가 싫은 건 아니다. 오늘따라 아빠가 멋지게 보였다. 이런 말 한마디가 나에겐 최고이다.

오늘은 토요일이었다. 오늘은 사인회에 간다. 오늘은 K 작가님이었다. 사인회는 잠실에서 했다. 가는 데는 1시간 조금 넘게 걸렸다. 그래도 괜찮다. 가면 K 작가님의 말도 듣고 뷔페도 같이 간다. 뷔페 안에는 치킨, 쫄면 등 맛있는 게 많았다. 나는 집에서는 치킨을 못 먹어서 여기서 많이 먹고 갔다. 그래서 왠지 맛있었다. 나는 정신없이 계속 먹었다. 한 마리를 먹었다. 나는 집에서 엄마가 사 줬을 때도 반 마리 정도만 먹었는데 말이다. 엄마는 같이 먹으면 왠지 더 맛있다고 했다. 그리고 사인회에 가면 다 어른들 모임이라서 막 술을 드시는 것 같다. 근데 우리 엄마는 술을 드시지 않는다. 내가 조금씩 봤는데 엄마는 소주잔에 물을 따라서 마시는 것 같았다. 사이다에 얼음 컵을 달라고 하면 주신다. 그래서 나는 그동안 보기만 해도 시원한 얼음에 사이다를 넣어서 마셨다. 머리까지 시원한 느낌이 들었다. 나는 게임 시간이 정해져 있다. 이제 게임 시간이 거의 끝나 간다. 주말은 두 시간, 평일은 한 시간이다. 엄마는 내 핸드폰에 잠금을 걸어 두지는 않는다. 내가 양심적으로 한다. 나는 10분이 남았을 때쯤 엄마에게 가서 게임 시간 20분만 더 달라고 했다. 주말 핸드폰 시간은 두 시간이다. 솔직히 아이가 나만 있는데 할 게 없다. 엄마는 안 된다고 하셨다. 엄마는 와서 게임 너무 많이 하지 말라고 하셨다. 어차피 많아 봤자 한 시간일 건데. 엄마는 책을 가지고 오셨다. 가방 안에 책이 있었다. 나는 결국 책을 읽었다. 근데 K 작가님의 사인회이지만 하나의 독서 모임이기도 하다. 그래서 독서 모임 분들이 나를 칭찬해 주셨다. 내가 한 15분 전으로만 갔어도 게임을 하고 있었을 건데, 그래도 칭찬만 해 주셔서 고맙다. 나는 이 일을 엄마에게 말했다. 엄마는 공감을 해 주셨다. 짜증이 났었지만 괜찮다.

계속 애들에게 잔소리만 날린 것 아닌지, 공감을 못 한 건지 생각하는 건 좋은 방법이다. 생각했을 때 문제점을 알았으면 "○○야~ 엄마가 미안해~

저도 다 생각이 있어요

엄마가 공감을 못 해 줬어."라고 말해 주면 화해하기 쉬울 거다. 나도 친구들에게 부드럽게 말해 줘야겠다.

2

인생 12년,
코로나라는 위기

초2 때 코로나에 걸렸다. 코로나가 확산되는 기간이었다. 내가 먼저 걸렸다. 앞집 친구, 윗집 친구, 옆집 누나가 모두 같은 말을 했다. "너 코로나 걸렸어?" 걸린 걸 알면 놀릴 것을 알았다. 격리하는 동안은 친구들에게 메시지를 보내지 않았다. 도움 됐던 3가지가 있다. 그것을 알려 주겠다.

문 바깥에서 소리가 들려왔다. 문을 열기 싫었다. 애들이 왔다는 걸 알았다. 내가 집에 있을 때만 해도 하루에 열 번은 찾아왔기 때문이다. 그래서 문 너머로 보니까 아무도 없었다. 그래서 문을 열었다. 혹시 몰라서 잠금장치를 하고 열었다. 알고 보니까 주민 센터에서 먹을 것과 마스크를 챙겨 주셨다. 그중에서는 무말랭이와 소고기미역국이 있었다. 또 과자들과 젤리도 들어 있었다. 엄마가 집에서 과자를 못 먹게 해서 과자는 베란다에 박혀 있게 되었다. 정말 그림의 떡이었다. 나는 엄마에게 곧장 다가가서 미역국

저도 다 생각이 있어요

을 끓여 달라고 했다. 소고기미역국을 한 번에 2인분을 먹었다. 엄마표 미역국은 미역이 적당하게 들어가 있으면서도, 고기는 미역보다 많이 들어가 있는 것 같았다. 밥과 오독오독한 식감이 어우러진 무말랭이가 있으니까 저절로 춤이 나온다. 자가 격리하는 2주 중 한 주는 내내 미역국만 먹은 것 같다. 그만큼 좋아했었다. 역시 낫는 데는 밥이 최고이다.

두 번째는 낮잠과 저녁잠이다. 난 원래 낮잠을 자지 않는다. 피곤하면 누워서 핸드폰을 본다. 자라고 어떤 수를 써도 자지 않을 것이다. 저녁에 늦게 자는 건 무섭다. 피곤하면 10시 반에 잔다. 격리할 때는 낮잠을 1시부터 5시까지 자고, 숙제를 하고, 밥 먹다가 자고 했다. 격리 때만큼은 곰이 된 것 같았다. 집에 있을 때 나가서 놀고 싶은 생각만 있었다. 꿈에서도 절반은 나가서 친구들과 놀았다. 나보고 '크롱'이라고 불렀다. 기분이 나쁘지 않았다. 크롱 하면 밝은 이미지가 떠오르니까 좋았다. 언제 나가나 이런 생각이 머릿속에 돌았다.

영상도 긍정적인 것을 찾아 본다. '흔한 남매', '허팝', '웃소' 같은 재밌는 이야기를 좋아한다. 집에서 엄마가 썰어 주는 과일과 같이 보면 금상첨화였다. 특히 '흔한 남매'는 나의 필수였다. 에어컨 틀고 누워서 '흔한 남매' 한 편 보면 얼마나 좋은지 모르겠다. 가족과 보내는 시간이 좋았다. 지금도 그런 시간을 보내고 있다. 격리가 끝나고 친구들은 "너 코로나 걸렸지?"라면서 온갖 질문을 했다.

"야! 너 코로나 걸렸지!"

"아니야. 나 안 걸렸어! 나 놀러 갔다 온 거야!"

"뻥치지 마. 너 걸렸던 거 다 소문낸다!"

"그래라!" 나는 거짓말을 했다. 애들은 믿지 않는 표정이었고, 나는 한 주 정도는 놀림을 받았다. 짜증 났다. 그래도 그 후에는 놀리지 않았다. 내 생각인데 친구들이 기억을 못 하는 것 같다. 격리를 하고 있을 때 답답해서 그런지 엄마랑 많이 싸웠다. 최대한 싸우지 않으려고 했지만 잘되지 않았다. 계속 답답하니까 싸우고, 집이 더워서 싸우고, 밥을 잘 먹지 않아서 싸웠다. 온갖 방법을 가지고 싸웠다. 그때 나랑 같은 반인 친구가 문자를 보냈다. "현우야! 괜찮아? 너 코로나인지는 안 물어볼게! 빨리 나왔으면 좋겠다!" 라고 보냈다. 감동이었다. 나는 왠지 다 몸이 나은 것 같았다. 다른 애들은 놀리고 있는데 그 친구만 안부를 물어 주니 더 감동이었다. 나는 격리가 끝나고 그 친구에게 삼각 김밥을 사 주었다. 그리고 또 나는 이때 돈이 없어서 간단하게 줄 수 있는 탱탱볼을 줬다. 2학년 때는 100원짜리 탱탱볼만 있어도 엄청나게 인기가 많았다. 하나만 주면 정이 없을 것 같아, 10개나 주었다. 매일 문방구에 100원 들고 가서, 5시간 동안 놀았던 기억이 있다. 그때는 뭐 탱탱볼 찾기, 멀리 던지기 같은 걸 했다. 그래도 코로나를 잘 버텨서 다행이었다.

애들도 나처럼 코로나에 걸려 있을 수도 있다. 나쁜 것은 아니다. 먼저 걸리면 후엔 걸린다 해도 겪어 봤으니까 한결 났다. 하지만 그때 시간을 어떻게 보내는지가 중요하다. 어떤 친구한텐 코로나 덕분에 영화를 볼 수 있

저도 다 생각이 있어요

어 감사할 수도 있고, 누구한텐 몸만 아프고 짜증 났던 시간일 수도 있고 또다른 누구에겐 아무 생각이 없었던 시간일 수도 있다. 코로나에 걸렸을 때 힘들다, 짜증 난다, 우울하다는 생각을 하면 좋지 않다. 생각을 바꿔 '아이랑 같이 있어서 좋다' 같은 긍정적인 생각을 해 보는 것도 좋은 방법이다. 걸려도 걸리지 않은 것처럼 당당하고, 씩씩하게 오늘부터 해 나갈 것이다. 당당함이 없으면 안 된다. 나도 이런 고생을 한 만큼 다음 바이러스가 일어나도 침착하게 대처할 수 있을 것 같다.

3

○

누가 어쩌든
나만 잘하면 돼

    우리 반에는 스물세 명이 있다. 친한 친구는 약 스무 명이 있다. 안 싸워 본 애들은 거의 없다. 없다면 안 친한 친구이다. 만나면 친구는 다 될 수 있다. 그러면 세계에 있는 사람과도 되는 것이다. 하지만 제일 친한 친구는 나와 성향이 맞아야 한다. 오늘은 친구들에 대해 설명해 주어야겠다.

    2년 동안 같은 반인 친구 G가 있다. G는 모범생이다. 학원도 많이 다니고, 성적도 상위권이다. 두 번 연속 회장도 됐다. 성격도 좋다. '좋은 친구는 좋은 물에서 놀고 나쁜 친구는 나쁜 물에서 논다'라며 전에 엄마가 말해 줬다. 나는 좋은 물에 들어간 것 같다. 4학년 때 전학 왔을 때, 그 친구는 나랑 같이 놀아 주었고 하는 일을 도와주었다. G 친구한텐 고마운 것이 정말 많다. 6학년 때에는 같은 반이 되지 않았다. 언제나 옆에 있어서 왠지 든든했었다. 아쉽기도 하고 미안한 마음도 있었다. 오늘은 점심시간에 나가서 피구를 했다. G 친구는 언제나 꼭 나간다. 나가서 한 20분은 논다. 점심시간은 45분 정도 된다. 그래서 밥을 빨리 먹고 놀러 나가는 편에 속한다. 하면 할수록 피구는 재밌다. 피구는 내 최애 스포츠이다. G랑은 같은 편이 되지 않았다. 신기하다. 다음은 W가 던졌다. W는 공을 꼬집기로 유명하다. 5학년에서 꼬집는 걸 제일 많이 하는 사람은 걔일 것이다. 근데 너무 세게 던져서 경기장 밖으로 10m 나간 것 같았다. W가 공을 가져오지 않았다. 원래 규칙에서 멀리 나가면은 자기가 가지고 오지 않아서 N이 가져왔다. 원래는 수비가 가져오지만 멀리 공이 나가면 던진 사람이 가지고 오는 것이다. 그래도 N이 착해서 다행이다. 나 같으면 안 하는 건데 왠지 멋져 보였다. 재미있게 피구 하고 있을 때였다. 이번엔 내가 공을 던졌다. G는 나의 공을 피하려고 했지만 내가 커브볼을 던져서 아웃되었다. 정말 잘 던졌다. 커브볼은 공을 비스듬히 잡고 손을 꺾으면서 던지면 된다. 각도가 정말 멋있었다. 그런데 W는 건장해서 공에 맞아도 끄떡없는데 하필 G가 맞았다. G는 배를 잡고 웅크렸다. 세게 던지지는 않았다. G는 울기 직전이었다. 하지만 애들은 막 나에게 "야, 너 G한테 머리 박아!"라면서 보건실로 같이 갔다.

"괜찮아, G?"

"괜찮아. 전보다는 나아졌어. 그럴 수 있지. 다음부턴 조심해."

"미안해." 고마웠다. 우리 반으로 들어가자마자 피구를 한 N, W 친구는 선생님에게 달려가서 일렀다. 자기 일도 아니면서, 왜 이렇게 간섭하는 걸까? 참 고자질쟁이인 것 같다. 나도 선생님에게 가서 말할 수 있는데. 사과를 하고 다시 친해져서 괜찮았다. 이런 게 우정인 것 같다. 싸우기도 하고, 다치기도 하고 이러면서 친해지는 것이다. 친구랑 싸워서 짜증난 상태로 집에 도착했을 때 부모님들은 "오늘은 무슨 일 없었어?"라며 물어봐 주면 좋겠다.

또 다른 경험을 이야기해 보겠다. 23년 12월 22일부터 24일까지 호텔로 놀러 갔다. 호텔은 작지 않고 정말 컸다. 모임에서 놀러 갔다. 엄마의 모임에서 주최해 애들이랑 같이 가는 프로그램이다. 아는 친구도 있었고, 모르는 친구도 많았다. 이 캠프는 매년 진행이 된다. 그래서 오는 사람은 계속 오고 모르는 사람은 계속 모르는 것이다. 나는 사교성이 좋다. 가자마자 10분 만에 친해졌다. 친해지는 방법은 요즘 아이들의 관심사를 알아보는 것이다. 아이마다 관심사는 다를 수 있다. 그러니 천천히 아는 척을 하면 된다. 애들에게 물어보면 애들은 "오, 나도 이거 알아!"라며 놀랄 것이다. 요즘 유행하는 노래를 부르거나, 춤을 춘다. 지금은 〈사랑했나봐〉 춤이 유행하고 있다. 그러면서 가서 자기소개를 한 후 저녁을 먹었다. 밥은 친한 친구들이랑 같이 밥을 먹었다. 여덟 명 정도 됐다. 떡볶이, 김말이, 청포도, 밥, 미역국, 카레가 나와 있다. 다 내가 좋아하는 음식들이었다. 나는 특히 떡볶이와 미역국을 좋아하는데, 미역국을 두 그릇 먹고 떡볶이 한 접시와 청포도 한 송이도 먹었다. 호텔 뷔페여서 마음껏 먹을 수 있었다. 맛은 끝내줬다. 다 먹고 안 친한 친구, 친한 친구 다 같이 술래잡기했다. 첫판은 내가 술래였다. 30초를 세고 출발했다. 장소가 작아서 쉬웠다. 그래도 숨을

저도 다 생각이 있어요

곳이 많아서 하기에는 딱 좋은 곳이었다. 원래는 예절이 아니지만 그래도 어렸을 때 이런 걸 하는 맛에 사는 것이다. 역시 이렇게 큰 곳에서 하는 술래잡기는 언제나 재미있었다. 그러다가 1분이 지날 때쯤 E 친구를 잡았다. E 친구는 달리기가 빨랐다. 그래도 다행히 잡았다. 잡다가 발을 살짝 접질렸다. 재밌어서 아픈지도 모르고 놀았다. K 친구가 술래가 됐다. 달리기는 빠르지 않았다. K가 뛰다 앞으로 넘어졌다. 무릎이 살짝 까졌다. 나는 조심스럽게 부축해 줬다. 그리고 저녁에는 라면 파티를 했다. 나는 4가지 치즈 불닭볶음면을 먹었다. 우리는 E와 K에게 "발목이랑 무릎 괜찮아?" 하고 물어봤다. 게네들은 동시에 "우리가 다친 데가 있었어?"라고 말했다. 하여튼 애들은 놀다 보면 다 잊는다.

놀면서는 다칠 수도 있다. 그러면서 크고 친해지는 것이다. 항상 공감해 주고 도와주는 사람이 진정한 친구이다. 아니어도 도움을 베푸는 친구, 그게 진짜 우정일 것이다.

4

○

중학교 가기 전
마지막 비법

"누가 어쩌든 나만 잘하면 돼." 내년에 중학교를 올라간다. 우리 동네에는 일진이 있다. 중1이 되는 형이 있는데, 그 형은 벌써 담배를 피운다. 무섭지 않다. 나는 호신술을 배웠으니까. 근데 호신술을 실제로 쓸 수가 있는지 모르겠다. 호신술을 욕하는 게 아니라, 관장님이 나를 엉터리로 가르치는 것일 수도 있어서이다. 우리 반에 L이라는 친구가 있다. 걔에게는 빽이라는 것이 있다. 이것은 친한 일진 선배를 말하는 것이다. 그래도 L이 놀리면 애송이라고 좀 받아 치면 끝난다. 엄마는 나만 잘하면 된다고 했다. 생각해 보니까 맞는 말이었다. 중학교 갈 때 도움이 되는 문장인 것 같다. 오늘은 내가 학교에서 어떤 일이 일어났는지 말해 주겠다.

가는 길은 상쾌했다. 오늘은 금요일이다. 오늘은 날씨가 좋아서 점심시간에 놀 수 있겠다. 가면 체육과 창의 체육 활동, 수학을 한다. 오늘 시간표가 제일 좋다. 근데 한 가지 좋지 않은 것이 있다. 바로 태권도 세 시간이

저도 다 생각이 있어요

다. 나는 태권도를 좋아한다. 오늘은 관장님이 수업한다. 수업할 때 재미없는 개그를 치고, 인사도 받아 주지 않고, 앞에서만 예의를 지키시고, 뒤에서는 정말 이상하다. 또 화가 잘 나시는 것 같다. 앞에서만 잘하고 뒤에서는 이상하게 하는 것이다. 오늘은 금요일이니까 참아 봐야겠다. 오늘따라 수학 문제가 잘 풀린다. 옆자리 친구인 J는 어려운가 보다. J는 몸집이 커서 무서울 것 같지만, 체격이 클 뿐이지 애들한테 안 좋은 말을 듣고 있는 이상한 친구이다. 채점을 1등으로 받았다. 한 문제를 틀렸다. 줄을 선 친구는 일곱 명이다. 심심하면 앞뒤 친구와 수다를 떤다. 모든 애들이 그렇다. 나는 모두 떠드는 것을 봤지만 조용히 하고 있었다. 하지만 우리는 정숙된 분위기가 이상했다. 그러다 앞뒤 친구하고 소곤소곤 떠들기 시작했다. 하지만 떠드는 게 싫은 J는 "야, 조용히 해! 애들 조용히 있는 거 안 보여?"라며 크게 말했다. 내가 3학년 때까지만 해도 막 무서웠는데, 지금은 그렇지 않아서 우리는 쫄지 않았다. 선생님이 채점하는 말소리가 들리는 정도까지 말했는데. 그래서 J가 당황한 게 얼굴에 보였다. 어쨌든 우리는 무시를 했다. 우리 반에는 수학을 잘하는 친구가 많다. 친구들은 학원 덕분에 잘하고, 나는 엄마를 닮아서 수학을 잘하는 것 같다. 나는 학원에 다니지 않는다. 근데 홈런이라는 과외를 한다. 우리 집안에 이런 멋진 엄마가 있다니! 체육 시간이 됐다. 발야구를 했다. 내가 주장이 됐다. 언제나 주장은 좋다. 팀도 고를 수 있고 왠지 기분이 좋다. 우리 팀은 정말 계획을 잘 세웠다. 컨디션도 좋아서 잘될 것 같았다. 오늘의 경기는 우리 팀이 먼저 공격이었다. 일단 1번 타자인 친구는 파울을 했다. 하지만 파울을 세 번 해서 결국에는 아웃이 되었다. 다음은 V였다. V는 잘하지는 못하고 좋아하기만 한다. 그래서 3루 쪽으로 패스하듯이 톡 차고 1루로 최대한 달렸다. 공이 조금이라도 빨리 왔으면 바로 아웃이 되었다. 정말 다행인 것 같다. 다음은 내가 차는 것이었다. 왼쪽 구석으로 잘 찼다. 나는 쉽게 진출했다. 이제 다음 친구인 O는 딱 나랑 똑같이 왼쪽 구석으로 찼지만 플라이아웃을 당했다. 잘못하면 2번 타자였던 친구가 아웃될 뻔했다. 그리고 다음은 5번 타자 친구가 1루 쪽으로 톡 차며 희생했다. 정말 멋졌다. 이렇게 계속해서 마지막 공격이 이루어 졌다. 내가 마지막 타자였다. 거의 홈런을 할 뻔했다. 8:8이었는데, 2루에 있는 친구까지 들어가서 10:8로 끝났다. 상대 팀 애들은 수비 잘하는 친구 가 많았다. 10:8로 끝났다. 겨우 이겼다. 하지만 나의 예상은 틀렸다. 이 판 은 운으로 이긴 것 같다. 그래도 우리가 이겼다. 내가 친구들하고 호날두 세리모니를 하는데, 갑자기 친구들이 크게 소리쳤다.

"하, 왜 그래요. 제발, 현우 님!"

"아, 어쩔. 나이스!"

"아, 현우야, 진짜 지렸다. 굿 게임! 시우우우우우우우 후!"

"어휴, 쟤네 왜 저러나?"라며 한숨도 쉬었다. 하지만 나는 무시하고 옆 돌 기도 하고 또 다른 축구선수인 손흥민 세리모니도 했다. 막 우리에게 짜증 나서 저러는 것 같다. 말 한마디 때문에 화낼 필요는 없다. 화나면 나만 힘 들다. 나만 잘하면 된다. 학교가 끝나고 J가 와서 "너 진짜 왜 그래? 제발, 현우야."라고 말했다. 바쁘다고 말하고, 집으로 갔다. V랑 같이 갔다. 가는 방향이 같아서 수다 떨며 갔다. 이런 시간이 좋다. V는 안정적이고, 말에 공감도 잘해 주고, 무슨 말을 해도 끄떡없다. 내 최고의 친구이다. 얘는 MBTI I이지만 나한테는 극 E다. 역시 친하면 본성이 나오는 것 같다. 오늘도 집에서 홈런을 했다. 오늘은 단원평가가 있었다. 과학이다. 친구들은 시험을 무서워한다. 하지만 나는 재미있다고 생각한다. 근데 낮은 점수가 나와도 다시 복습하고 높은 점수가 나와도 자만하지 않으면 된다. 그러면 된 것이다. 단원평가에서 25개 중 1개를 틀렸다. 아깝다. 홈런은 학교에서 하는 수업이 아니다. 마음 놓고 할 수 있다. 인터넷 학습을 좋아하는 이유가 이것 때문이다. 집에서 엄마한테 결과를 알려 준다. 엄마는 화를 내시지 않고 칭찬만 해 주신다. 엄마가 화를 내도 괜찮다. 그것도 하나의 가르침이다. 두려울 필요가 없다.

누가 뭐라고 말해도 엄마가 말해 준 한마디가 있어서 두렵지 않다. 인생 조언 하나를 뽑으라고 하면 나는 이것을 고를 거다. '오늘부터 누가 뭐래도 당당하고 씩씩할 것이다.'

5

나에게
'다시'라는 단어

"저도 괜찮다. 다음에 이기면 되니까." 실패는 성공의 어머니라는 말이 있다. 실패가 경험이 되어 다음에는 쉽게 이길 수 있는 것이다. 오늘은 내가 성공했던 경험을 알려 주겠다.

학교에 갔다. 애들이 많이 없었다. 독서록을 내고, 자리에 앉았다. 8시 55분이 되자 여덟 명이 들어왔다. 55분까지 반에 도착해야 했다. 늦으면 숙제를 내셨다. 정각 55분에 오는 친구들이 많다. 이렇게 늦는 이유는 보통 애들이 늦잠을 자서 그렇다. 나도 늦잠을 자기는 하는데 8시 30분에 일어나지는 않는다. 나도 한두 번씩은 딱 55분에 맞춰 오기도 한다. 그런 거는 아침에 숙제하다가 늦는 경우이다. 애들은 들어올 때 떠들면서 들어왔다. 애들은 시끄럽다고 말했다. 내가 보기에도 시끄럽긴 했지만, 내 상관이 아니니까 놔두었다. 선생님은 조용히 있으라고 하셨다. 9시 5분이 됐다. 선생님은 1교시 국어책을 우리 보고 덮으라고 하셨다. 우리는 매일 아침에 무슨 이야기를 한다. 우리 반은 1교시 시작 전에 어떤 이야기를 계속 하신다. 나는 이게 재밌다. 오늘은 체육 이야기를 했다. 주먹 야구를 한다. 주먹 야구는 언제나 재미있다. 내가 세 번째로 좋아하는 팀은 홀수 번호 대 짝수 번호였다. 나는 62번이었다. 이동 수업을 할 때도 뒤에 섰다. 황씨라 뒤에 섰다. 앞에 서고 싶은데. 내가 짝수 팀 주장이 됐다. 주장은 앞에 섰다. 그래서 그런지 더 좋았다. 왜냐, 나는 황씨여서 계속 뒤에 섰기 때문이다. 우리 팀이 선공이었다. 다섯 번째였다. 팀을 다 정하고, 1교시인 국어를 했다. 기대감 때문에 국어는 잘 못 들었다. 쉬는 시간에는 나랑 친구랑 오목을 뒀다. 나는 백이었고 친구가 흑이었다. 첫판은 내가 34를 잘 만들어서 이겼다. 34는 대단한 수이다. 한쪽을 막으면 한쪽이 비는 재미있는 수이다. 두 번째 판은 내가 졌다. 나도 모르게 순식간에 졌다. 셋째 판이 마지막 판이 될 것 같다. 처참하게 졌다. 괜찮다. 다음에 다시 이기면 되니까. 애들은 이런 것에 마음을 다한다. 나 같은 또래들에게는 쉬는 시간만큼은 빼앗기고 싶지 않다. 그래서 수업을 몇 초라도 더 늦게 끝내면 조금 더 달라고 한다. 한 5분 뒤에 주먹 야구만큼은 봐주지 않을 것이다. 그 친구는 57번이어서 나랑 다른 팀이었다. "휙!" 선생님의 시작 소리가 들렸다. 먼저 우리가 공격했다. S가 공격을 시작했다. S는 체육을 잘한다. 역시 예상한 그대로 무사 1루가 되었다. D는 공을 못 차 아웃됐다. F는 외야까지 멀리 쳤다. S도 3루까지 갔고 F도 2루까지 갔다. G는 아슬아슬하게 정중앙에다가 쳐서 겨우 세이프가 됐다. S는 들어왔다. 다음은 나였다. F처럼 잘 쳤다. 주자

잔루였다. 이 상태로만 가면 된다. 다음엔 다 아웃이 되었다. 지금은 1:0이었다. 진형대로 서고, 수비를 했다. 점수 차가 많이 났다. 4:2고 만루였다. 나는 아웃으로 공을 잡고, 3루를 아웃시켜서 2아웃을 시켰다. 잘못하면 질 수도 있겠다. 수비를 잘해서 괜찮다. 그렇게 내가 잡아서 공수가 교대됐다. 4:4까지 쫓아갔다. 1아웃이다. 지금은 3루에 있다. 결정이 중요하다. 홈런이 되었다! 나는 막 기분이 좋아서 뒤풀이했다. 저번 뒤풀이처럼 "나이스!"를 외쳤다. 3루가 들어왔다. 총 2점을 얻었다. 하지만 다음 친구가 못했다. 3분이 남았다. 그렇게 4:6이 됐다. 상대는 6:5까지 되었다. 1아웃이었다. 3루, 2루에 있었다. 안타를 쳤다. 2루에 있는 친구까지 들어와서 6:6이 되었다. 아웃이 되면 좋겠다. 오케이, 아웃이 되었다. 1분이 남았다. 안타를 치고 2루에 있는 친구가 들어오면 안 된다. 딱 치는 순간 2루에서 막 뛰기 시작했다. 가까스로 세이프가 되었다. 이 정도면 아웃인데, 선생님은 왜 세이프라고 할까. 우리 편을 들지 않는 것일까. 그래도 우리는 "아, 괜찮아. 다음에 이기면 되지."라며 칭찬했다. 하지만 그 반대쪽에서 애들은 막 짜증을 내고 있었다. 우리가 제지하려고 했지만 화가 많이 나 있는 것 같았다. 싸우는 애들은 홈에 있는 친구와 2루에 있는 친구가 싸웠다. 대충 내용은 내가 2루에서 홈까지 빨리 전달을 해 줬는데 너는 그거를 왜 못 받았냐고 하면서 싸웠다. 나는 가서 말렸다. 선생님께 말하려고 했지만 줄을 서고 먼저 교실로 출발하셨다. 나는 둘이 싸우는 사이로 가서 그만하라고 했다. 하지만 화는 그치지 않았다. 애들은 더 짜증이 났다. "야, 황현우! 너는 뭔 상관인

저도 다 생각이 있어요

데 끼어들어?"라면서 나에게 화를 냈다. 하지만 나는 더 제지해야 할 것 같았다. 그래서 결국에 나는 여기에서 싸움을 말렸다. 그러지 않으면 상황이 더 안 좋게 될 수도 있었다. 그래도 빨리 상황 판단을 해서 다행이다. 내가 이렇게 애들을 도운 적은 처음인 것 같다. 애들이 화해해서 다행이다. 옆에서 도와준 보람이 있는 것 같다.

나는 오늘 성공한 게 2가지가 있다. 오목에서 진 것, 발야구에서 진 것이 오늘 나의 성공이다. 내가 처음에 "오늘은 내가 성공했던 경험을 알려 주겠다."라고 했다. 이것은 실패가 아니다. 경험이다. 이것이 바탕이 되어 성공하는 것이다. 뭐든 사소한 일이라도 실패할 수 있다. 하지만 내가 어떻게 생각하느냐에 달려 있다. 부정적인 경험을 긍정인 생각으로 바꾸면 점점 모든 게 즐거워진다. 그러면 사소한 일도 감사할 수 있다. 예를 들면 아침에 일어난 것, 볼 수 있는 것, 공부할 수 있는 것 같은 것이다. 이제부터는 모든 것에 감사해야겠다. 오늘은 내가 성공한 날이다.

6

열두 살의
특징

오늘은 나의 특징을 알려 주겠다. 나의 관점이라 다를 수도 있다. 맞는 부분도 있을 것이다. 나의 경험을 들려주겠다.

오늘 학교에 갔다. 문에서 한 번에 다섯 명이 들어가려고 한다. 문은 선생님 체격의 1.5배이다. 그 정도면 어린이의 2배이다. 애들은 왜 이럴까. 결국에는 선생님이 나가서 한 명씩 천천히 오라고 하셨다. 나랑 같이 먼저 반 안에 있던 애들은 그 다섯 명이 이해가 안 됐다. 지각 시간도 되지 않았다. 관심을 받고 싶어 한 것 같다. 모두 같은 마음인 것 같았다. 친구들은 관심을 좋아한다. 나도 받고 싶다. 하지만 어떤 친구는 받고 싶은 걸 감추는 친구도 있다. 요즘은 그런 애들이 되어야 한다. 하지만 감출 수 없는 친구들은 가족이 조금씩 주면 좋다. 예를 들면 "오, 시험 백 점 맞았네!", "와 밥을 싹싹 다 먹었네? 우와 우리 ○○이 대박이다.", "○○이 이렇게 옷을 깔끔하게 입었어? 안 빨아도 되네." 같은 게 있다. 많이 하면 어색해 보이니까 가끔 해 주

저도 다 생각이 있어요

면 된다. 다시 돌아와서 오늘은 늦은 친구가 있었다. 숙제를 내 주셨다. 수학 학습지 5장을 풀어야 하는 것이었다. 하지만 틀리면 다시 5장을 풀어야 한다. 선생님의 눈빛이 매서웠다. 아니, 상식적으로 학습지를 푸는 것은 좋은 것이다. 부모님은 아이를 학원에 보내는 것에 힘을 들이는데 애들은 노는 것에 힘을 들이면 상식적으로 이상하다. 초등학생까지는 놀게 해 주면 좋다. 나도 학원에 다니지 않는다. 하지만 한 시간 정도 공부를 한다. 학교 공부는 홈런밖에 없다. 그러니 초등학생까지는 놀면 좋다. 나도 놀 건다 놀면서 성적이 우수하다. 그러니까 초등학생까지는 놀아야 한다. 그 대신 중학교에서는 열심히 해야 한다. 중학교 예습을 해보니 중학교부터 어려워진다. 그러니 놀게 해 주면 좋다. 1교시는 사회였다. 나는 사회를 싫어한다. 5학년 1학기까지는 쉬웠는데, 2학기부터 역사를 배워서 외울 게 많다. 뭐, 6세기에 전성기를 펼쳤던 나라는 신라이다. 대충 이런 것을 배운다. 친구들은 재밌어하지만, 나는 아니다. 기원전 2333년부터 현대까지 외워야 한다. 나의 사회 수준은 중상위권이었다. 내가 앞에서 성적이 좋다고 했지만 사실 다른 건 다 좋은데 사회만 아주 낮다. 내가 하는 홈런에서도 사회 평균이 제일 낮다. 오늘은 일제 강점기에 대해 배웠다. 우리나라의 옆나라인 만큼 열심히 배웠다. 일본이 정말 짜증 났다. 내가 커서 우리나라를 미국처럼 강대국이 되게 만들어서 일본을 압승하고 싶었다. 이처럼 열두 살까지 어린이들은 상상을 좋아한다. 아이가 유치해서 못 하는 것일 수도 있다. 그러니 부모님이 먼저 말도 안 되는 이야기를 한번 꺼내 보는 것도 좋은 방법이다. 만약 아이가 이런 말을 하면 잘 받아 주는 게 제일 좋다.

2교시 체육을 하러 간다. 오늘은 주먹 야구를 한다. 우리 팀은 운동을 잘하는 친구가 많았다. 달리기가 빨랐고 운동신경이 좋은 친구들이었다. 우리가 먼저 공격이다. 무조건 이겼다. 첫 번째부터 세 번째까지, 다 안타이고 아웃도 없이 잘 돼 가고 있었다. 내 앞에 친구가 아웃을 당했다. 투아웃이다. 플라이아웃으로 잡고, 2루로 가는 친구에게 태그아웃을 시켰다. 괜찮다. 내가 남았다. 나는 2루 왼쪽 구석으로 잘 보냈다. 2루 수비수가 공을 놓쳤다. 한 번에 2루까지 갔다. 옆에서 세리모니를 했다. 특히 '문선민' 세리모니는 짜증 나기로 유명하다. 이것은 우리 반 친구들도 많이 추는 것이다. 옆에 2루 수비수는 짜증 나 있었다. 나의 제일 친한 친구라서 괜찮다. 우리 반 남자애들은 체육에 환장을 한다. 특히 축구에 더 열광한다. 축구는 우리 남자들의 최고 운동이고, 재미도 1순위이다. 선생님이 공부하다가 축구를 예로 들면은 애들이 바로 집중할 정도이다. 어쨌든 우리 팀이 7:4로 이기고 있다. 정말 쉬웠다. 팀이 잘 짜진 것인지, 술술 잘 풀렸다. 선생님은 이제 "휙!"이라는 소리와 같이 선생님이 경기를 끝냈다. 마지막에 내가 들어가서 8:4로 만들 수 있었는데. 아쉬웠다. 내 기준으로는 몸에 공이 닿지 않았는데 선생님은 아웃이라고 하셨다. 태그아웃을 당했다. 우리 팀은 합이 잘 맞아서 재밌게 끝냈다. 역시 언제나 체육의 짜릿함은 최고이다. 그럼 이번에는 두 가지를 더 알려 주겠다. 위에의 방법이 이해가 안 되면 이 솔루션도 좋을 것이다.

저도 다 생각이 있어요

창의성: 나도 그렇지만 애들은 점점 크면서 상상을 많이 하는 것 같다. 그러면서 창의력도 늘고 미술, 글쓰기에 점점 흥미를 보인다. 나는 글쓰기에 흥미를 붙여서 요즘은 글을 쓰고 있다. 또 미술을 좋아한다.

인간관계: 점점 애들하고 노는 것에 관심이 많아진다. 그만큼 애들과 친해지는 시간이 많다. 또 점점 요즘 트렌드에 관심이 많아진다. 마라탕이나 탕후루가 유행하면 그런 것을 자주 먹는다. 또 애들과 많이 친해지는 만큼 많이 싸우기도 한다. 그렇게 애들과 같이 보내는 시간이 많아진다. 어머니들이 조금 속상하실 수도 있다. 같이 안 놀아 줘서이다. 하지만 이러면서 크는 게 정상이다. 그러니까 많이 슬퍼하시지 않으면 좋다.

내가 이번에 나는 이런 솔루션과 경험을 들려주었다. 애들은 관심을 좋아하니 어른들이 최대한 많이 주면 줄수록 좋아한다. 그렇다고 너무 많이 주면 또 안 된다. 내가 제일 강조하는 것이다. 중학교 들어가기 전까지는 최대한 많이 놀게 해 주면 좋다. 그게 최고로 공부를 잘하게 되는 방법이다.

7

산 정상,
나의 정신 상태 정상

"어린이도 많이 경험을 해 봐야 한다. 실수하는 것도 경험이다."

오늘은 산에 갔다. 갈 때 열 발짝만 걸었는데도 벌써 집에 가고 싶다. 짜증도 났고, 힘들었다. 하지만 끝까지 해냈다. 오늘은 내가 등산한 이야기를 들려줄 것이다.

산 이름은 도봉산이었다. 정상이 730m라고 한다. 높아서 가지 못할 것 같다. 처음 입구에 왔을 때 벌써 힘들었다. 오늘은 특히 바람이 불지 않아서 그런지 더 더웠다. 또 습기도 차서 그런지 올라가는데 짜증이 막 났다. 누가 날 업고 가 줬으면 좋겠다. 설악산에는 권금성까지 올라가는 리프트들도 있는데 왜 근처에 있는 산은 이럴까. 역시 엄마는 가방을 들고 왔다. 업어 줄 수 있는 사람은 없다. 엄마는 올라가는 중간에 음료수를 사 주셨다. 나에게 사 주시기만 하고, 엄마는 한 모금도 마시지 않았다. 산이 재밌을 것 같기도 했다. 나는 클라이밍을 좋아한다. 산도 하나의 클라이밍이니

38   저도 다 생각이 있어요

까. 자동으로 계단을 올라가는 기계가 생겨서, 산을 쉽게 올라갈 수 있으면 좋겠다. 올라가는데 산에서 내려가시는 분들이 칭찬을 해 주셨다. 오늘은 신선대에 갈 것이다. 신선대는 내가 올라가는 산의 정상이다. 가면서 엄마하고 수다를 떨면서 갔다. 별거 아닌데도 재밌게 들렸다. 이야기하면서 가니까 힘이 덜 들었다. 천축사까지 왔다. 천축사는 정상의 3분의 1 정도를 온 것이다. 엄청나게 힘들지 않았다. 그러나 이때부터 힘들기 시작했다. 전에는 햇빛이 비쳐서 힘들었던 것 같고, 지금은 땀이 나서 힘들다. 난 정상까지 간다고 말했다. 엄마는 나를 믿지 않으셨다. 엄마에게 보여 주고 싶었다. 나는 한 걸음 한 걸음씩 걸어 나갔다. 나는 흙이 있는 데보다, 계단이 있는 곳이 좋다. 천축사부터 마당바위까지는 눈이 많아서 가기 힘들었다. 나의 키보다 높은 곳도 있다. 정상까지 거의 다 왔을 때 정말 높았다. 뒤에는 사람들이 엄청나게 많이 있었고 장갑을 안 끼고 와서 손은 다 얼어 있었다. 전화도 오고 있었다. 여기에서 사진을 찍으라고 했다. 손도 얼고, 입도 다 얼었는데, 어떻게 사진을 찍을까. 못 찍는다고 했다. 엄마는 찍고 오라고 했다. 올라갈 때 나는 지팡이와 음료수를 들고 있었다. 양손으로 들고 있어야 하니까 불편했다. '가방이 있으면 좋겠는데'란 상상을 했다. 손수건 같은 걸 둘러서 뜨개질하면 가방으로 쓰기 좋을 거라 생각했다. 하지만 뜨개질할 줄 모른다. 엄마한테 맡기기엔 엄마가 작품을 만드는 것이라 싫었다. 커서 지팡이, 음료수 보관함을 만들 것이다. 줄이면 '지음함'이다. 나는 결국에 사진을 찍었다. 거의 10평인데 30명이 서 있었다. 나는 사진을 찍으려고 앱을 켰는데 나의 얼굴이 비쳤다. 봤을 때는 얼굴이 붉었고, 특히 귀는 60도 찜질방에서 1시간 있다 나온 사람의 얼굴같이 정말 빨갰다. 코도 같이 정말 붉었다. 경치를 봤는데 서울의 롯데타워도 보였고, 아파트도 많이 보였다. 근데 롯데타워를 바라보는 방향에서 반대를 봐 보니 뒤에는 아무것도 없었다. 그냥 산밖에 보이지 않았다. 나는 마음을 다잡고 조금씩 내려갔다. 옆에서는 "야, 경치 봐라! 대박이다.", "어머, 이게 뭐냐.", "여러분들, 우리 정상 찍었는데 사진 찍어야죠!" 같은 소리가 많이 들려왔다. 춥고 시끄러우니까 이게 뭔 광경이지 했다. 나는 내려갈 때 무서워서, 진짜 헬기를 불러야 하나 이런 생각까지 했다. 사람들에게 음료수와 지팡이를 맡겼다. 사람들은 흔쾌히 받아 주셨다. 옆에 사람들은 잘만 가시는 것 같았다. 그 많은 짐들을 갖고 왔는데도 말이다. 그래도 나는 정상을 찍는 게 이번이 처음이었다. 나는 고맙다고 했다. 솔직히 버리고 싶었다. 어차피 거의 다 마셨는데 뭔 소용이 있나 했다. 최대한 빨리 내려갔다. 하지만 가는 길은 멀었다. 올라오는 것보다 더 오래 걸렸다. 내려올 때 다리가 저렸다. 저려서 그런지 앞사람과의 거리가 점점 멀어지기 시작했다. 뒤에 사람들은 아무 말 없이 가셨다. 나는 괜히 죄송해서 먼저 가시라고 했다. 그들은 괜찮다고 하셨다. 이런 분들이 천사인 것 같다. 다시는 정상에 가고 싶지 않았다. 돈을 준다고 해도 나는 가지 않을 것이다. 나는 김밥으로 다시 에너지를 채웠다. 나는 김밥을 좋아하지 않지만 그래도 지금 와서 먹으니까 정말 맛있었다. 푸른 하늘을 보며, 김밥에 엄마가 분식집에서 가져온 따뜻한 어묵 국물을 마셔 주면 이게 바로 행복이다.

"천천히 와. 엄마가 안 뺏어 먹어."

"엄마, 진짜 맛있어요!"

"그래, 현우야. 많이 먹어."

"네. 저 먹고 한 줄 더 먹을 거예요."

언제나 산을 오르는 첫걸음은 정말 힘들다. 그러면서 나의 인내심을 시험하게 된다. 또 올라가는데 땀과 숨이 차서 점점 무게감이 더해진다. 이렇게 걷다가 정상에 올라갔을 때 얻는 성취감은 목표만 달성했기 때문만이 아니었다. 그 힘든 과정에서 우리가 겪는 고난을 극복해 나가는 경험이 바로 그 성취감을 더욱 의미 있게 만든 것 같다. 힘들었다. 그래도 해내서 기분이 좋다. 나는 집으로 와서 12시간을 잤다. 7시에 잤는데, 7시에 일어났다. 정말 오래 잤다. 이게 다 나의 열정 덕이다. 원래는 사우나도 가야 하는데 태권도에 가야 해서 못 갔다. 하지만 태권도도 안 가고 계속 잤다. 정말 힘들었다. 하지만 오늘은 재밌었었다. 또 내일도 재밌을 것이다. 그런 내일을 기대해야겠다.

8

장난과
폭력의 차이

"애들은 다 폭력을 장난으로 생각한다." 장난은 다 같이 즐거워
야 하고, 폭력은 다 같이 슬퍼해야 한다. 오늘은 내가 1학년 때 전학 생활
을 알려 주겠다.

　나는 1학년 때 오류남초등학교로 이사를 갔다. 동네 자체에 유명한 게 있
지는 않다. 그냥 평범한 곳이었다. 갔는데 어딘가가 얼굴이 익숙했다. 내
집은 202호이다. 이사 오기 전에도 202호이었다. 나는 낮아도 한 7층 정도
에서 살고 싶다. 일어나서 세수했다. 새로운 곳에서 자느라 잠을 설쳤다. 학
교에 갔다. 나는 1학년 6반으로 배정이 되었다. 반은 이사 오기 전에 내가 다
니던 영신초등학교와 달랐다. 애들은 재밌게 생겼다. 4분단 맨 뒷자리에 앉
았다. 무섭게 생긴 친구도 있었다. 자리가 멀어서 괜찮다. 1교시 쉬는 시간,
애들이 몰려왔다. 물음에 나는 다 긍정적으로 대답해 주었다. 선생님은 떨어
져 있으라고 하셨다. 내가 아니라 친구들에게 말한 것이다. 2교시 쉬는 시간

에 한 친구 F가 와서, "야, 나대지 마."라고 했다. 심장이 조마조마했다. 내가 관심받는 게 부러운 것이다. 중1 되면 무서워지는 줄 알았다. 하지만 나의 반은 허락하지 않았다. 오늘 체육 시간이 됐다. 벌써 기대가 된다. 나는 체육을 잘한다고 애들한테 다 말해 놨다. 오늘은 짝꿍이랑 배드민턴을 치는 거라, 애들이 나랑 같이 치자며 몰려왔다. 나는 그중에서 한 U라는 친구하고 쳤다. U는 나랑 체격이 비슷했고, 뿔테 안경을 썼다. 후드를 입고 있었다. U는 배드민턴을 잘 쳤다. 우리 둘이 합이 맞은 건지, 친구가 잘 친 건지 모르겠다. 우리는 게임보다 주고받기처럼 편하게 했다. 옆에 있던 애들도 나를 봤다. 칭찬을 많이 해 주었다. 나는 고맙다고 했다. 나에게 나대지 말라고 했던 친구가 와서 "그렇게 관심이 받고 싶니? 그러니까 네가 친구가 없는 거야."라고 했다. 아니, 어차피 오늘이 첫날이라서 없는 게 당연하다. 근데 이건 내가 잘못한 일이 아닌 것 같다. 나는 살짝 무서웠지만 맞서서 말했다. "너는 친구 없어서 나에게 이러는 거야? 나대지 말고 애들한테 가서 나랑 친구 해달라고 구걸이나 해!"라고 했다. 걔는 나를 찼다. 거의 나의 정강이를 나가게 하려고 차는 것 같았다. 좀 아팠지만 버틸 수 있었다. 내가 이래 봬도 하체가 좋아서 그런 것 같다. 나는 하지 말라고 했다. 하지만 걔는 수준이 떨어지는 아이여서 "싫은데? 나 잡아 봐라. 메롱!" 하고 튀었다. 나는 저런 거에 당하지 않는다. 선생님에게 가는 척을 하니까 걔는 바로 다시 돌아왔다. 그리고 나는 그만 놀리라고 했다. 지금이 두 번째이다. 하지만 더 기분이 나빠져서 나를 더 때렸다. 마지막에 나의 허벅지를 찼는데 자기가 아프다면서 발목 잡고 주저앉았다. 나도 아파서 우는 척을

하며 선생님께 갔다. 친구가 울고 있었다. 왜 우는지 봤다. 나의 허벅지 때문
이다. 걔는 선생님에게 이르려고 해도 자기가 차 놓고 자기가 아파서 할 말이
없었다. 후에 나는 선생님에게 친구가 차고 때렸다고 말했다. 걔는 할 말이
없어서, 그냥 우는 척만 했다. 그러다가 이제는 할 말이 없는지 드디어 고개
를 들었다. F는 장난이라고 했다. 하지만 나에게는 폭력이었다. 왜 저러는 것
일까. 그 친구가 잘못한 것은 맞는데 왜 내가 억울한 것일까. 선생님은 나보
고 어디를 다쳤냐고 물었다. 나는 허벅지와 등을 맞았다고 했다. 선생님은 걔
에게 나를 왜 때렸냐고 물었다. 아무 말을 못 하는 것을 보니 속이 다 시원했
다. 대화 내용을 들어 보니 이런 것이었다.

"왜 때렸니?"

"짜증 나서요."

"왜 짜증 났어?"

"아니, 얘가 대놓고 칭찬을 받고 있잖아요."라는 말이었다. 얘는 내가 좋게
되기를 바라지 않았다. 결국 관심을 받고 싶었던 것은 걔였다. 선생님은 나
보고 얘한테 칭찬받은 것을 자랑했냐고 물었다. 아니라고 했다. 하지만 그
때 F는 내 옆에서 듣고 있었다. 그러고는 F는 "아니에요! 쟤 자랑 엄청 많이
했어요!"라면서 거짓말을 했다. 내가 거짓말을 하지 않아서 그런 건지는 모
르겠지만 보통 설명할 때 막 흥분돼 있으면 거짓말인 게 티가 난다. 선생님
도 알고 계실 것이다. 그냥 나는 무시했다. 그리고 왜 내 옆에서 나의 칭찬
을 듣고 있었을까. 나랑 친해지고 싶어서 옆에 있었던 건지. 심심해서 와있

저도 다 생각이 있어요

었던 건지 모르겠다. F는 대놓고 자랑하는 줄 알았나 보다. 상황이 웃기다. 나는 F에게 가서 미안하다고 했다. 나는 사이가 안 좋은 것을 싫어해서 바로 사과했다. 역시 화해하는 것이 좋은 것 같다. 언제나 친구끼리는 싸우는 것 같다. 또 그러면서 크는 것 같다.

　오늘 친구랑 싸웠다. 친구는 장난과 폭력의 차이를 모른다. 장난은 다 재밌어야 하고 폭력은 피해자가 기분 나쁜 것이다. 오늘 폭력을 당했다. 아팠다. 하지만 괜찮다. 걔도 사과를 해 줘서. 나도 차이를 구분하며 살아야겠다. 아니면 오늘 같은 일이 다시 벌어질 수 있다. 쉽지 않겠지만, 지금부터 시작이다.

9

새싹의
시작

사람은 처음에는 좋지만 갈수록 관심이 없어진다. 오늘은 내가 처음 태권도를 시작했던 경험을 알려 주겠다.

일곱 살이었다. 어린이집이 끝나고, 엄마 자전거 뒷자리에 앉았다. 집으로 가는 줄 알았지만, 엄마는 태권도장으로 가셨다. 왠지 이름만 들어도 무서워졌다. 이름은 '강철 태권도'였다. 어렸을 때는 최강, 강철, 최고 같은 말이 왠지 모르게 세 보였다. 일단 거기에서 일하는 네 분이 있었다. 나는 엄마 뒤에 서 있었다. 왠지 모르게 무서웠다. 그래도 관장님과 사범님의 얼굴은 착해 보이셨다. 또 거기에는 내 친구들도 보였다. 쓱 보면서 인사를 했다. 무섭게 생긴 형들도 있었다. 또 그나마 착해 보이는 한 세 살 많은 누나도 보였다. 나는 관장님께 인사를 했다. 정말 착하셨다. 웃기기도 하셨다. 관장님은 여자시다. 한 40대 중반 정도 되신 것 같았다. 도장에서 클라이밍도 했다. 신기한 게 많았다. 피구 공은 내가 알던 피구 공이 아니고, 어떤 훌라후프는 뾰족뾰족해서 돌리면 배가 아픈 것도 있었다. 줄넘기는 김수열 줄넘기가 있었다. 처음 가서는 기본동작을 배웠다. 차근차근히 배웠다. 태권도의 시초인 아래막기를 배웠다. 처음에는 어려웠다. 손을 바꾸면서 힘을 주던데, 왜 이렇게 어려운 것인지 잘 모르겠다. 그래도 관장님이 도와주셔서 한 번은 됐다. 내가 성공하자 옆에 있던 형들과 관장님은 박수를 쳐 주셨다. 기분이 좋았다. '이 맛에 하는구나!' 했다.

"와, 현우 뭐야. 잘하네!"

"감사합니다, 관장님. 히히."

"그렇게 해 봐. 이렇게 천천히 하면 뭐든지 잘할 수 있어."

"열심히 하겠습니다!"

"그래. 오늘은 우리 현우가 잘했으니까 하자!"라며 나를 칭찬해 주셨다. 이런 게 바로 불퇴전인 것 같다. 또 옆에는 친구들도 많아서 적응하기 쉬웠다. 또 몸통막기, 얼굴막기, 지르기도 배웠다. 레크리에이션을 시작하기 전 형들의 품새도 보았다. 멋있었다. 다리도 쫙쫙 올라가는 것을 보니 나도 더 열심히 하고 싶었다. 그땐 나도 저렇게 되고 싶었지만 이제 와서는 정말 부담되는 것을 알았다. 하지만 나에게는 끼가 많아서 많이 부담되는 일은 없었다. 나는 옆에 앉아서 동작을 따라 해 보았다. '아래막기도 잘되지 않는데 이걸 어떻게 할까' 싶었다. 나는 금강이라는 품새가 제일 어려워 보였다. 금강은 중심을 잡고 버티는 걸 했다. 다음은 끝나고 클라이밍도 하고 발 폭탄도 했다. 발 폭탄은 발로 차서 맞추는 게임이다. 관장님은 약하게 차셨다. 마지막으로 내가 살아남았다. 다른 형, 누나는 다 아웃이 되었다. 일부러 나만 맞추지 않으신 것 같다. 세 번 피하면 전체 부활이다. 세 번 다 피해서, 전체 부활이 됐다. 형들은 나를 칭찬해 주었다. 왠지 모르게 뿌듯했다. 후에 클라이밍을 하는데 재밌었다. 내가 할 타임이 끝나고, 엄마를 기다렸다. 30분이 지나고, 엄마는 오시지 않았다. 곧 있으면 오실 거라고 하고 기다렸다. 하지만 한 시간이 지나도 오지 않아서 무서웠다. 엄마가 어떻게 되었으면 어쩌지, 나는 걱정이 됐다. 옆에서 관장님은 오시기 전까지는 같이 수업이라도 듣고 있으라고 하셨다. 나는 이렇게 앉아 있겠다고 했다. 관장님은 엄마한테 전화를 걸어 주셨다. 엄마는 일을 하고 있었다. 엄마는 나를 데리러 오는 걸 까먹고 있던 것이다. 처음에는 "엄마는 왜 안 오지?"라면서 점점 불안함을 느끼게 된다. 아이들은 시간이 늦는 것을 이해하는 게 어렵다. 그래서 엄마가 갑자기 사라질 때 불안해질 수도 있다. 특히나 아이들은 아직 상황을 완전히 이해하지 못하기 때문에 더 그런 것일 수도 있다. 그리고 옆에 친구들이나 선생님이 있으면 엄마가 아닌 다른 사람들과 함께 있는 것을 종종 좋아하기도 한다. 그리고 슬슬 오지 않기 시작하면 아이들은 종종 자신이 무엇을 잘못했거나, 문제가 생겼다고 생각할 수 있다. 특히 나처럼 잘 깜빡하는 친구들은 더하다. "내가 잘못했나?" 같은 생각이 들기도 하고, 엄마가 안 오는 이유를 스스로 상상하기도 한다. 하지만 시간이 점점 지날수록 엄마는 그러지 않을 것이라고 생각하게 된다. 이제는 엄마의 존재가 얼마나 큰 안도감을 주는지 알게 됐다. 결국 불안과 걱

저도 다 생각이 있어요

정이 가득 찼을 때 엄마가 왔다. 나는 아무 말 안 하고 가만히 집으로 갔다. 엄마는 미안하다고 했다. 이때 엄마는 왜 미안한 건지 모르겠다. 시간이 없었던 거니까. 나도 울어서 미안하다고 했다. 엄마가 집에 가서 미역국을 해준다고 하셨다. 바로 기분이 나아졌다. 오늘따라 밤이 어두웠다. 엄마 등에 붙어서 집에 갔다. 가는 길에 엄마에게 오늘 있었던 일을 말했다.

"오늘 발 폭탄을 쓰는데 왠지 저는 살살 맞추는 것 같긴 했어요."

"당연하지! 너 지금 나이가 몇인데~"

"히히. 그런가요?"라며 밥을 먹고 잤다.

오늘도 재밌었다. 비록 엄마가 늦게 와서 무섭기도 했지만, 나는 좋았다. 내일도 오늘 같으면 좋겠다. 나는 더 태권도를 배우고 싶다. 칭찬 때문이 아니라 재밌었다. 오늘도 열심히 했다. 이때부터 태권도 선수가 꿈이 된 것이다. 나도 이렇게 될 줄은 몰랐다. 내가 지금은 새싹이더라도 더 노력해서 언젠가는 선수가 꼭 되고 말 것이다. 오늘도, 또 내일도 열심히 살 것이다. 그렇게 안 되더라도 노력할 것이다.

제2장

"야! 너 나랑 놀자!"

나도
자랑할 거야

　　　　나는 태권도, 홈런, 중국어 빼고는 학원에 다니지 않는다. 나는 3품, 중국어는 5년 차이다. 참고로 3품은 꽤 높은 품이다. 내가 열두 살인데, 이 정도는 별로 없을 것이다. 또 나는 공부를 못하는 편이 아니다. 계속 상위권에 속한다. 저번엔 한번 내가 학원 다니는 친구들보다 더 잘한 적도 있었다. "쟤 왜 이렇게 공부 잘해?" 이런 말은 나오지 않아서 다행이다. 왜냐, 전에는 이런 얘기를 종종 꺼내곤 했기 때문이다. 조금이 아니라 이런 친구가 많았다. 그렇다고 화가 날 필요가 없다. 이것은 하나의 칭찬이기 때문이다. 오늘은 질투받은 경험 한 가지를 알려 주겠다.

　학교에 갔다. 1교시는 책 읽기 시간이다. 다른 애들은 장난치는 애들도 있었고, 옆 친구와 떠드는 친구도 있었고, 필기도구로 장난치는 친구도 있었다. 하지만 선생님은 뭐라 하지 않는다. 오늘은 월요일이라, 주말 이야기를 한다. 말처럼 주말에 있었던 일을 말하는 것이다. 보통 애들은 주말 이야기를 좋아한다. 나도 좋아하지만 손을 들지 않았다. 딱히 특별한 것도 없고, 재미있었던 것도 없었기 때문이다. 애들은 손 들기를 좋아한다. 주말 이야기를 하면 선생님이 공감도 해 주시고, 자랑도 할 수 있으니까. 선생님이 손을 들라고 하자 거의 전체가 손을 번쩍 손을 들었다. 우리 반은 스물한 명인데, 열다섯 명은 손을 든 것 같다. 차례대로 한 명씩 발표했다. 공원을 가서 축구한 친구도 있고, 등산을 간 친구도 있고, 집에서 그냥 라면 먹으면서 계속 게임만 한 친구도 있었다. 2교시는 수학이다. 오늘도 전처럼 범위를 알려 주신다. 우리는 범위를 빨리 공부하면 된다. 드라마를 보면 범위를 알려 주지 않던데, 우리 반 선생님은 좋으신 것 같다. 나도 빨리 외우기 위해 시작했다. 이번 단원은 분수의 곱셈이었다. 언제나 처음은 문제가 쉽다가 뒤에 갈수록 서술형이 나오는 건 기분 탓이면 좋겠다. 하지만 그렇지는 않다. 나는 수학을 좋아한다. 그래서 그런지 재미있다. '동당 동당' 선생님의 타이머 소리가 들렸다. 마지막은 서술형이라 좀 이해하기 어려웠다. 기분 탓이 아니었다. 이제 시험을 본다. 왠지 긴장된다. 나는 받자마자 이름과 번호를 썼다. 저번에 한 번 쓰지 않아서 혼났던 적이 있다. 나는 1번 문제부터 차근차근 풀었다. 문제는 15번까지는 쉬웠지만 점점 갈수록 어려웠다. 그래도 잘 풀었다. 애들이 다 풀었을 때 우리는 채점을 시작했다. 선생님은 한 문제의 설명과 답을 같이 알려 주셨다. 나는 한 문제 빼고 모두 맞았다. 다행이다. 애들도 얼굴이 밝은 것을 보니 맞았나 보다. 몇 명은 좋아 보이지 않았다. 선생님은 수학 익힘을 풀어서 나오라고 했다. 애들

저도 다 생각이 있어요

은 먼저 풀고 있었다. 나도 얼른 풀었다. 나는 4등으로 채점을 받았다. 1등 친구는 한 문제를 틀렸다. 나의 채점 시간이었다. 모두 수학 익힘 책에 동그라미가 들어 있었다. 나는 자랑은 하지 않았다. 하지만 요즘 아이들은 관심과 인정을 받는 걸 좋아한다. 내가 열세 살이니까, 열세 살까지는 인정받고 싶어 할 수 있다. 그건 쉬운 일이 아니다. 받으려고 해도, 부모님들은 대충 "어. 그래. 잘했어."라고 하고 넘어간다. 만약 어른이 됐다면 관심을 받기 위해 달라고 하지 말고 받으려고 노력하는 것이 좋다. 지금부터 하면 될 것이다.

나는 오늘도 태권도를 간다. 도장 애들은 내가 태권도를 잘한다고 알고 있다. 난 대회에서 금메달을 두 번이나 땄다. 또 줄넘기 대회 1등을 더 했다. 옆차기는 일자가 살짝 안 된다. 태권도를 나보다 잘하는 사람은 많다. 태권도에서는 나의 소문이 났다. 아직 잘은 못한다. 내 옆차기가 일자라고 말한 것도 진실이 아니다. 지금도 거의 된다고 말하지만. 그런데도 애들은 인정을 해 준다. 내가 잘못하고 실수해도 친구들은 나에게 괜찮다고 해 준다. 정말 고맙다. 전에는 맨날 싸우는 친구로 알았는데, 요즘따라 고맙다. 내가 받고 싶던 관심도 이젠 충분하다. 내가 하는 타임 중에서 제일 열심히 하는 친구는 아마 나일 것이다. 아닐 수도 있다. 사람이 열다섯 명 정도밖에 안 되어서 그럴 수도 있다. 하지만 이렇게 생각하는 것을 내 입 밖으로 말하면 안 된다. 왜냐하면 자만이기 때문이다. 그러면 오히려 관심이 아니라 무시가 올 것이다. 어쨌든 수업을 시작한다. 처음으로 줄넘기한다. 언제나 줄넘기는 재미있는 것 같다. 오늘은 모아 뛰기 1,000개였다. 사범님은 시간을 15분 정도 주셨다. 그럼 1분에 100개는 해야 한다. 어려울 것 같지만 괜찮다. 쉽다. 나는 시계로 타이머를 재고 있었다. 나는 10분 14초가 걸렸다. 쉬면서 해서 좀 더 걸렸다. 그래도 다행이다. 애들이 하는 것을 보았다. 애들은 2도약 뛰기로 천천히 뛰고 있었다. 나는 뭐라 말하려고 했지만 일이 아니니까 가만히 놔두었다.

이 글을 쓰면서, 다시 한번 배웠다. 언제나 신뢰가 중요하다. 못해도 믿음직하면 된다. 미성년자까지는 다른 사람에게 관심을 주려고 해 보고, 미성년자가 넘었으면 관심받으려고 노력해야 한다. 나도 어린이다. 많이 받고 싶다. 하지만 이제는 그냥 받으려고만 하지 않았으면 좋겠다. 아이가 계속 클 때까지. 나도 지금부터 시작한다. 자랑도 안 좋은 게 아니다. 소심한 친구한텐 큰 도움이 될 수도 있다.

저도 다 생각이 있어요

2

모두의

용기

학교에 갔다. 원래는 6교시까지인데 곧 방학이라 이젠 4교
시까지만 한다. 기분이 좋다. 오늘은 화요일이다. 그냥 화요일이 싫다. 월
요일이 끝나서 기분이 좋지만 어느 세월에 올지 고민된다. 그래도 오늘 오
후를 생각해야겠다. 오늘은 친구들이랑 방과 후에 놀 것이다. 재미있겠다.
친구들과 놀 생각을 하니 벌써 즐겁다. 반에 들어갔다. 책상에는 우유가 덩
그러니 놓여 있었다. 왠지 불쌍해 보였다. 연필 친구, 지우개 친구를 곧 만
나게 될 것이다. 1교시는 국어였다. 국어 시간에는 글을 작성했다. 『마녀
캐러』라는 책의 독후감을 써야 했다. 그래도 어렵지는 않았다. 선생님은
한 장을 쓰라고 하셨다. 물론 내가 지금 글을 쓰는 양보다는 작다. 나는 글
을 쓰는 한글 기준 10포인트 1.5매보다 좀 작다. 그래도 나는 글을 써 본
경험이 있어서 이런 것은 쉽게 넘어간다. 또 한편으로는 재미도 있다. 애
들은 분량을 반 정도 적었을 때, 나는 1페이지를 거의 끝내고 있었다. 물론

우리 반 친구들이 다 못하는 건 아니다. 다섯 명 정도는 나랑 실력이 비슷하다. 그 다섯 명은 모두 학원에 다닌다. 물론 나도 글쓰기 특강을 듣는다. 하지만 나랑 글 실력을 비교하면 티가 좀 많이 난다. 나는 친구들처럼 "끝!"이라며 말하지 않았다. 끝내고 친구들의 얼굴을 보니 다 종이만 쳐다보고 있었다. 내가 1등인 것 같다. 글을 쓸 때는 1등이 그렇게 중요하지는 않다. 글을 얼마나 예쁘게 쓰는지가 중요하다. 내가 다 하고 한 5분 정도 지나자, 친구들도 거의 다 했다. 선생님도 눈치를 채셨는지 말씀하셨다. 오늘은 발표하신다고 했다. 수행평가였다. 수행평가는 부모님들에게 결과를 알려 준다. 그만큼 열심히 해야 한다. 출석 번호였다. 나는 뒤에서 두 번째였다. 그래서 나의 한자리 뒤 번호 K하고 나오는 한자리 앞인 P랑 정말 좋아했다. 나는 안심을 하고 마음 놓고 듣고 있었다. 첫 번째로 발표하는 L은 엄청나게 떠는 모습이었다. 다 내용은 비슷했다. "저는 이 글을 읽고 이런 느낌이 들었습니다. 왜냐면…." 내용은 그럴싸했다. 그런데 L은 친구는 일부러 강조하며 "안! 안녕하세요! 대단한 이! 번 발표하는 L! 입니다." 이렇게 이상하게 했다. 원래 같았으면 그냥 "야! 뭐 하는데! 너 제대로 해!"라며 간섭을 했을 것이다. 하지만 나는 그걸 못 참고 간섭을 해 버렸다. 나는 애들이 다 있는 데에서 그렇게 말해 버렸다. 현실을 깨닫고 보니까 당황했다. 선생님은 다행히도, 복도에서 통화를 하고 계셨다. 선생님이 들어오고 보니까 듣지 못한 것 같다. 애들도 선생님에게 고자질하지 않아서 다행이다. 하지만 발표하는 애가 쉬는 시간에 말했다. 나는 선생님에게 조금 꾸중을 들었다. 심하지는 않았다. 하지만 이상하게 한 것은 맞는데. 조금 억울했다. 쉬는 시간이 끝나고 이번 교시까지 이어서 발표를 마치신다고 하셨다. 아깝다. 잘하면 내일 할 수 있었는데. 점점 심장이 두근거렸다. 이번에는 K가 발표했다. 원래는 밝은 성격인데 발표만 하면 소심해진다. 난 K에게 "할 수 있어!"라고 조용히 응원을 보내 줬다. K가 알아챘는지 목소리를 가다듬고, 발표를 시작했다. 지금까지 했던 애 중에 제일 잘한 것 같다. 나랑 친해서 과장된 것처럼 보이지만 또박또박 거의 강사처럼 발표했다. 선생님의 안색도 좋아 보였다. 나는 떨리는 마음으로 발표했다. 다음은 나였다. 나도 K처럼 또박또박 말했다. K보다는 못했지만 잘 끝낸 것 같아서 기분이 좋다. 선생님 얼굴은 K가 발표하고 끝난 후랑 같았다. 나도 잘한 것 같아서 왠지 기분이 좋았다. 이런 맛에 발표하는 것이구나 했다. 4교시 점심시간이 되었다. 이 시간만을 기다렸다. "다리로 당도 도당동." 종이 치자마자 선생님은 밥 먹자고 하셨다. 나는 바로 종이 치면 손을 씻으러 갈 수 있게 준비해 놓았다. 바로 애들은 다 같이 뛰어갔다. 화장실 쟁탈전은 치열하다. 애들이 점심을 조금이라도 빨리 받으려고 그러는 것이다. 근데 어차피 먹는 순서는 정해져 있다. 그래도 왠지 빨리 손을 씻으면 뭔가 기분이 좋다. 오늘의 점심은 다 좋아하는 것이다. 부대찌개, 로제 떡볶이, 파인애플, 파스타, 시금치였다. 내가 이번에는 두 그릇 먹을 것 같다. 먼저 부대찌개 국물부터 마셔 줬다. 국물이 따뜻하고 얼큰하니 몸이 살살 녹았다. 요즘 내가 몸이 좋지 않았었는데, 감기가 다 낫는 기분이었다. 천상의 맛이었다. 그리고 나는 시금치를 싫어하는데 나왔다. 진짜 맛이 없다. 다른 애들은 좋아하지만 나는 싫다. 조금 씹고 넘기면 목에 걸리고, 많이 씹으면 써서 삼키지를 못하니까 먹기가 어렵다. 나는 못 먹을 것 같다. 그래도 꾹 참고 한 입 먹어 봤다. 구역질이 나왔다. 50번은 씹었는데 왜 안 될까? 나는 재빨리 화장실로 가 뱉고 왔다. 다행이다. 오후에는 친구들과 공원에서 놀았다.

언제나 모든 것이 좋아도 좋지 않은 것도 꼭 같이 나타난다. 괜찮다. 이것은 실수이기 때문이다. 이런 것들은 오직 용기로부터 시작되기 때문이다. 내가 요즘 읽고 있는 책에 한 문장이 있다. 책 이름은 『아이처럼 놀고 배우고 사랑하라』이다. 저자인 앨런 크레인은 '아이들은 잘 포기하지 않는다. 한 가지 방법이 통하지 않으면 다른 방법을 시도한다. 시행착오를 통해 아이들은 배운다. 그러므로 아이들에게 실패란 없다.'라고 했다. 아이들은 뭐라도 하려 한다. 막지 말아 주면 좋겠다. 나도 오늘 엄마에게 말해 보는 시간을 가져 보았다. 후련했다. 용기내는 삶, 지금부터 시작이다.

3

마음과
다른 말

'입 밖으로 말하는 것보다 속으로 말하는 게 좋다.' 나는 거의 매일 밖으로 꺼내는 말이랑 속마음을 다르게 말한다. 짜증 날 때도 활용을 하고, 애들이 자랑할 때도 응용한다. 오늘은 마음과 다른 말을 실생활 속에서 쓰는 것을 보여 주겠다.

도장에 들어갔다. 사람들이 많았고 시끌벅적했다. 관장님은 상담하고, 아이들은 엄마 찾느라 바쁘다. 좁은 곳에서 이름만 부르다. 찾으면 꼭 안아 준다. 엄마가 태권도가 끝나고 데리러 온 적이 없다. 왠지 모르겠다. 그 좁은 문 안에서 한 열다섯 명은 서 있다. 대단하다. 우리 집 화장실만큼도 채 되지 않는다. 나는 옆에서 애들이 나가기를 기다렸다. 5분 뒤 애들이 이제 거의 다 나가고, 나도 겨우 도장 안으로 들어갔다. 인사는 일단 좀 있다 하고 짐부터 풀고 스트레칭했다. 다리를 찢고 있다가 10초가 지날 때쯤 관장님은 왜 인사를 안 하냐고 혼내셨다. 방금까지 상담하시다가 내가 옆을 지

나갈 때 혼내셨다. 나는 좀 있다 인사를 하려고 했다고 말했다. 지금도 사람들이 많아서 바쁘다. 하지만 나를 혼내셨다. 안 한 것은 맞으니까 인정해야겠다. 내가 참았다. 수업이 시작됐다. 태권도장 10바퀴를 먼저 뛰었다. 7바퀴를 뛸 때 힘들어졌다. 그래도 결국은 뛰었다. 먼저 품새를 1장부터 태백까지 했다. 각각 띠가 달라서, 끝나는 품새도 달랐다. 나는 3품이라 태백, P는 2품이라 금강, E는 품띠라 고려를 했다. 나하고 아는 형만 3품이라 제일 많았다. 품새는 재미있다. 하면 할수록 잘되고 재미있다. 품새 고려를 했다. 고려에는 옆차기라는 동작이 많이 나온다. 오늘은 옆차기가 허벅지를 잘 눌러서 잘 차졌다. 하지만 칭찬은 아무도 없었다. 괜찮다. 나 자신이 인정했기 때문이다. 이제는 호신술을 했다. 기본만 한다. 2개월 동안 기본만 해서 진도는 언제 나가냐고 물었다. "너희가 아직 기본기도 안 됐잖아! 근데 뭔 진도를 나가려고 해?"라고 하셨다. 이 말만 1년 4개월을 들었다. 오늘만은 참을 것이다. 연습하는 중에 관장님이 움직이지 말라고 하셨다. 나는 무슨 말인지 이해를 못 했다. 기본기를 하려면 움직여야 하는데. 당황했다. 그래도 나는 했다. 왠지 더 하면은 혼내실 것 같았다. 계속하니까 가만히 있으라고 하신다. 그래서 나도 가만히 있었다. 애들이 하는 것을 보았다. 애들도 짜증 나 있던 것은 마찬가지였다. 모두가 하기 싫은 표정이었다. 표정은 우울해 보였고, 영혼 없는 공감을 해 주었다. 애들은 막 하품도 하고 손톱도 뜯고 하지 않는 짓이 없었다. 내가 가만히 있자 왜 가만히 있냐고 물으셨다 저는 "에? 관장님이 가만히 있으라고 하셨잖아요?"라고 했다. 그러

저도 다 생각이 있어요

니까 어이없는 표정을 지으시며 너 이해 못 했냐고 물으셨다. 뭔 말인지 모른 나는 '네.'라고 대답했다.

"황현우! 내가 어깨 움직이지 말라고 했어, 안 했어!"

"가만히 있으라고만 하셨어요."

"그럼!"이라고 하셨다. 내 어깨는 많이 뭉쳤다. 그래서 어깨와 목을 풀어 준 것인데 관장님은 그게 거슬리셨나 보다. 호신술 할 땐 중간에 어깨와 목을 돌려 주었다. 나는 어제 숙제를 11시까지 해서 많이 뻐근했었다. 관장님은 그냥 하라는 대로만 하면 되는 것을 꼭 말해 주고 싶으셨나 보다. 나는 어깨 돌리는 것도 잘못했나 보다. 일단 죄송하다고 하고 아무 말도 하지 않았다. 수업하실 때 나한테는 더 엄격하게 말하셨다. 솔직히 관장님이 잘못 말하신 건데 나도 계속 말했다.

관장님 같은 사람은 세상에 많다. 우리 반에도 있고 내 친구들도 있다. 그럴 때 저번에도 말했듯이 무시하면 된다. 그때는 내 속으로 말하면 된다. '저 관장은 왜 저래? 조금만 하고 여기 안 다녀야지.'라며 속으로 말하면 된다. 〈주토피아〉의 음악에 나온 말이다. 'sometimes we come last, but we did our best' 꼴찌를 할 때가 있어도, 최선을 다하면 된 거라는 말이다. 좋은 말이다. 나는 열심히 하고 있었는데 혼났다. 나는 최선을 다했으니까 잘한 것이다. 다른 사람이 이상한 말만 해도 똑같이 나도 걔에 대한 뒷담을 혼자서만 하면 된다. 속으로만 생각하면 된다. 밖으로 말하면 절대 안 된다. 이 책은 물론 아이들 대화법에 관한 책이지만 나의 입장으로 바꿔서 생각해도 잘 맞을 것이다. 오늘도 관장님의 잔소리는 들었지만. 괜찮다. 관장님은 또 어떤 잔소리를 할지 궁금하다 이럴 때는 어떻게 지혜롭게 대처하느냐가 중요하다. 나는 무시하고 지나칠 것이다. 엄마는 나에게 강조해서 이 말을 했었고, 나도 그 말에 중요성을 알았다. 오늘도 지금부터 시작이다.

저도 다 생각이 있어요

4

한 대만
맞아 줘

"짜증 나는 사람을 어떻게 대하는지에 따라서 수준이 보인다."

나는 학교에 다니면 때리고 싶은 사람이 있다. 조금이 아니라 많이 있다. 나는 우리 앞집 친구도 싫어한다. 하지만 엄마나 선생님에게 말하면 "아직도 그렇게 싫니? 참을 수는 없니?"라며 답이 돌아온다. 나만 혼나니까 참고 있다. 오늘은 그런 경험 두 가지를 알려 주겠다.

오늘은 방학이었다. 나는 공부를 하고 있었다. 누가 문을 두드렸다. 바로 앞집 H였다. H는 공부는 안 하고, 게임만 하기로 유명하다. 내가 위에서 말했듯이 그 친구는 이상하다. 하지만 그의 엄마도 이상하다. 그냥 이상한 정도가 아니다. 진짜 마음가짐은 '자기 아들만 좋으면 됐다.' 이런 생각이다. 하지만 H는 나랑은 잘 맞다. 신기하다. 정말 많이 싸우는데 어쩜 이렇게 잘 맞는지 모르겠다. 엄마는 H랑 놀면, 이상해진다며 놀지 못하게 했다. 하지만 나는 엄마의 말을 듣지 않고 놀기로 했다. 내가 나갈 때는 다른 친구랑 논다고 했다. 나는 오늘 밖에 눈이 와서 눈사람을 만들러 나갔다. 눈이 많이 와서 좋을 것 같다. 하지만 미끄럽다며 다들 염화칼슘을 뿌리고 계셨다. 나는 다 뿌리시기 전에 열심히 만들었다. 그런데 나의 앞집 친구 H가 우리의 마당으로 나왔다. 걔는 같이 놀자고 했다. 나는 흔쾌히 수락했다. H는 눈사람 만들기보다 눈싸움이 하고 싶다고 했다. 나도 마침 심심했던 참이었는데 좋다고 했다. 솔직히 눈사람을 만들고 싶었던 마음이 더 컸다. 그래서 나는 먼저 눈사람을 만들자고 했다. 나는 겨우겨우 큰 공을 만들었다. 눈으로 공을 만드는 건 정말 어렵다. 하지만 정말 재미있다. 이 맛에 눈을 가지고 노는 것 같다. 그래도 나는 나의 허리까지 오는 공을 만들었다. 새끼손가락은 미동이 없었다. 한번 보니까 축 처져있었다. 힘을 주려고 해도 잘 주어지지 않았다. 그래서 나는 집에 들어가서 빨리 씻고 왔다. 몸은 엄청 차가운데 물은 정말 따듯해서 물을 틀고 거의 1분 동안 가만히 있었다. 그래도 엄마는 모르실 것이다. 엄마가 알면 나는 엄청나게 혼날 것이다. 나는 빨리 씻고 개운하게 나갔다. 애들도 더 많아졌다. 나는 이제 눈싸움을 하자고 했다. 마치 기다렸다는 듯이 눈동자를 크게 뜨면서 좋다고 했다. 얼굴만 봐도 얼마나 기다렸는지 알 수 있었다. 그렇게 우리 둘은 눈 뭉치 10개를 만들었다. 나는 몰래 2개를 더 만들어 놓았다. 최대한 딴딴하게 만들었다. H가 먼저 시작했다. 시작하자고 말하자마자 바로 눈을 던졌다. 하지만 나는 피했다. 나는 H보고 기다리라고 했다. 몸을 한 대 맞췄다. H는 나의 어깨를 맞췄다. 나도 한 번 맞췄으니까. 다음은 H가 등을 졌을 때

저도 다 생각이 있어요

내가 허벅지를 맞추었다. 다시 한번 나이스라고 외쳤다. 갑자기 H가 팍 던졌다. 큰 공을 만들고 있었다. 나는 숙여서 피했다. H는 눈이 남지 않았다. 나는 한 개가 남았다. "형, 나 한 번만 봐줘. 제발." 이랬다. 나는 이 틈을 타 던졌다. 얼굴이 맞았다. 볼인데 살짝 빗나갔다. 맞은 부분은 나간 부분의 5분의 1이다. 내가 괜찮냐고 물어보려던 순간 H는 던져서 나를 맞게 했다. 근데 정통으로 맞았다. 아주 아팠다. 눈물이 살짝 고였다. 다시 정신 차리고 놀라고 했다. 근데 H는 아프다며 들어갔다. 나도 들어갔다. 있다가 누가 문을 두드렸다. 누구인지 봤다. H 엄마였다. H 엄마는 왜 아들을 눈으로 맞추었냐며 화를 냈다. 엄마는 나보고 물었다. "현우야, 네가 H 맞췄어?" 난 '네.'라고 했다. 걔도 날 맞췄다고 했다. H 엄마는 H보고 맞췄냐고 물었다. H는 거짓말을 하며 아니라고 했다. 아들 생각만 했다. 눈싸움을 시작했던 것도 H가 먼저 했다. 시작할 때 눈으로 맞췄다고 했는데, 그땐 얼굴을 정통으로 맞았다. 그러고선 "나 안 맞췄는데."라고 했다. 그렇게 나는 혼났다. 다음에도 이런 사건이 있었는데, 그땐 엄마도 짜증 나서 몰아붙였다. 다른 사람들도 막 끼어들기 시작했다. H 엄마가 "당신들은 뭔데 왜 끼어들어?"라며 발뺌을 했다. 그러면서 문을 닫고 가만히 있었다. 진짜 이기적이다. 어떻게 상대 걱정은 안 하고, 자기 아들만 걱정할 수 있을까. 나는 다신 H와 안 놀 것이다.

오늘은 방학이 끝나고 일주일이 지난 날이었다. 비가 내렸다. 나는 뛰어서 학교에 왔다. 우산도 갖고 오지 않았다. 그런데 누가 비웃었다. 나는 그냥 무시하고 자리에 앉았다. 머리가 거의 젖었다. 나는 화장실에 가서 휴지로 최대한 머리를 닦았다. 그리고 종이 쳤다. 후다닥 걸어갔다. 우리 반에서 뛰는 것은 금지라 빠를 걸음으로 걸어갔다. 나는 자리에 앉아 책을 폈다. 1교시는 사회였다. 나는 사회를 제일 못한다. 오늘은 고조선의 건국 과정에 대해 알았다. 나는 이런 신화가 있는 게 믿기지 않는다. 듣다 보니 재미있기도 했다. 하지만 외워야 하는 게 많다. 고조선은 기원전 2333년에 세워졌고 너무 어렵다. 1교시 쉬는 시간 Y가 너 머리가 왜 그러냐며 놀렸다. 나도 똑같이 "그럼 네 머리는 내 머리하고 같네. 아! 아니네. 내가 너보다 공부를 잘하니까."라며 받아쳤다. 근데 그걸 Y가 선생님께 일렀다. 선생님은 내 의견은 듣지 않으셨다. 왜 나한테만 이러실까. 그냥 나는 죄송하다고 하고 다른 애들하고 놀았다.

이런 애들은 싸우고 싶다. 나만 손해다. 이런 것은 무시하면 된다. 그러면 내가 제일 편하다. 나는 오늘부터 이상한 애들은 계속 무시할 거다. 조금씩 연습하면 언젠가는 나아질 것이다.

저도 다 생각이 있어요

5

싸움의
원인

'싸우긴 싸워도 당당하게 싸워라.' 싸우면서 쫄면 안 된다, 당당하게 싸우면 편하다. 누가 뭐라 해도 당당하게 살아야겠다. 오늘은 내가 당당하게 싸워서 이긴 경험담을 알려 주겠다.

아침에 일어났다. 왠지 개운했다. 어제는 일찍 잤다. 요즘에는 빨리 잔다. 피곤했나 보다. 창문을 열어 보니 뭔 소리가 들렸다. 알고 보니 집 앞 공사 소리이다. 어쩌면 내가 개운해서 빨리 일어난 게 아니라 소리 때문일 수도 있겠다. 나는 이제 씻고 똑같이 갈 준비를 하면서 책을 봤다. 원래는 읽고 싶지 않았지만 지금은 습관이 들어서 계속 읽게 된다. 나는 슬슬 준비를 하고 학교에 가려고 했다. 엄마는 아침에 산을 가신다고 해서 지금 집에 없었다. 그래서 나는 이제 집에서 나왔다고 전화를 했다. 엄마는 계속 문 잘 닫아라, 불 껐는지 확인해라, 가스 켜져 있나 봐라. 이런 것처럼 계속 나에게 점검을 시킨다. 나도 이 정도는 아는데 조금은 기분이 나빴다. 그래도 나쁜 척 티는 내지 않았다. 나는 학교 정문까지 왔다. 학교도 조그마한 공사를 하고 있었다. 우리 학교는 오래돼서 바닥도 계속 뭐가 뜯기고 창문도 잘 열리지 않는다. 그만큼 많이 불편했다. 이제는 잘되고 있어서 기쁘다. 학교를 가야 된다. 오늘은 월요일이다. 학교에 가기 싫다. 우리 반은 4층이다. 계단을 많이 올라간다. 제일 힘들다. 그래도 창가를 보는 맛은 꼭대기를 이기지는 못한다. 6학년 반은 3층이라 부럽다. 겨우겨우 올라가서 반에 들어왔다. 오늘따라 조용해 보였다. 다들 책을 읽고 있었다. 나도 이 침묵을 깨지 않게 바로 책을 봤다. 다섯 명이 들어오며 침묵을 깨트렸다. 선생님이 조용히 있으라고 말하셨다. 다들 알겠다고 하면서도 조용히 떠들고 있다. 근데 들린다. 그래도 선생님은 참는다. 오늘은 좋은 날이다. 내가 좋아하는 과목을 하고, 끝나고 배드민턴이 있다. 그만큼 바쁘다. 진짜 놀 수가 없다. 하지만 버티는 게 당연하다. 국어는 별거 없었다. 2교시 체육에는 줄넘기와 한 번 피구를 했다. 나는 줄넘기를 하는 데 힘을 다 써서, 피구할 땐 잘 활약하지 못했다. 그래도 피구에서 이겼다. 오늘은 수학 놀이를 했다. 선대칭, 점대칭 도형 찾기 놀이였다. 이긴 사람은 상품이 있다. 친구들은 뭐 닌텐도, 플레이 스테이션, 핸드폰을 말했는데, 나는 딱 봐도 뭔지 알것 같다. 바로 젤리이다. 그중에서도 하리보 젤리이다. 게임을 했다. 내 예상이 맞았다. 도서관에서 『너의 이야기를 먹어 줄게』라는 책을 읽었다. 다는 못 읽었다, 읽는 동안 옆에서 애들이 떠들고 있었다. 가서 뭐라 말하려고 했지만, 나는 참았다. 책은 정말 재미있었다. 도서관에 이야기를 먹어주

저도 다 생각이 있어요

는 동아리가 있다는 내용이다. 그래서 많은 사람들이 그 동아리에 가서 안 좋은 이야기를 들려주면 동아리 학생들이 먹어주는 것이다. 재밌기도 하면서 기발하기도 했다. 읽는 것을 추천한다. 미술 시간에는 우리 반에 있는 친구들 중 한 명을 그렸다. 선생님은 선생님을 그려도 된다고 하셨다. 선생님을 그렸다. 포근한 미소, 오똑한 콧대, 뿔테안경이 멋지셨다. 부분을 참고해서 얼굴을 그렸다. 그림을 그리고 보니, 내 실력은 엉망진창이었다. 부끄러워서 보여 주기 싫었다. 다른 친구들끼리는 잘 그렸는데, 나는 잘 못 그렸다. 애들이 나의 선생님 작품을 보려고 하자 나는 숨겼다. 선생님에게 보여 드렸다. 선생님은 웃으시며 잘 그렸다고 해 주셨다. 웃음은 너무 웃고, 안경은 동글동글한 안경이 되었다. 코는 잘 그렸다. 선생님은 칭찬을 해 주셨지만 애들은 내 것을 보고 비웃었다. 나는 참았다. 끝나고 친구들하고 놀았다. 노는 개념은 아니다. 네 명과 같이 놀았다. 친구들 O, P는 I를 싫어한다. I는 잘난 척하고, 자랑도 많이 하고, 힘 세다고 다 되는 줄 안다. 나와 O, P는 계획을 짜서, 어떻게 놀려 먹을지 정했다. "야야, 술래잡기하자. 나 먼저 술래!"라며 아프진 않게 쳤다. 먼저 O가 힘이 세니까, 먼저 가서 쳤다. 뒤에 내가 차고, 뒤에서 P가 말로 때리고 하는 것이었다. 작전은 잘되지 않았다. 그래도 해냈다. 걔는 집에 울며 들어갔다. 근데 나를 쫓아왔다. 나는 후다닥 튀고 P가 때렸다. 걔가 했던 것에 비해서는 아무것도 아니다. 걔는 우리를 왕따시키고, 나의 이상한 헛소문을 퍼뜨리고, 자기네 집 돈 많다며 자랑하고, 어떨 땐 나를 막 차기도 했다. 내가 잘못한 것은 맞다. 근데 걔가 한 짓에 비하면 적다. 선생님은 나를 부르고 왜 그랬냐며 물었다. 마찬가지로 다 비슷하게 말했다. "I는 우리를 계속 놀렸어요. 짜증 나서 했어요. 당하고만 살기 싫어요."라고 했다. 애들의 시선은 다 우리에게 왔다. 우리가 혼났다. 혼날 일은 맞다. 우리도 똑같이 복수했다. 걔는 "왜 그랬어? 우리 사이 좋았잖아."라며 물었다. 우리는 네가 했었던 짓을 생각하라고 말했다. 걔는 난 잘못한 게 없다 했다. 그럼 나도 잘못한 게 없다고 말했다. 근데 I는 우리 반 친구들이 모두 싫어하였다. 힘 좀 세니까 우리가 놀아 준 것이다.

싸움의 원인은 내가 될 수도 상대가 될 수도 있다. 하지만 쫄 것 없다. 누가 뭐라 해도 나는 당당해야 한다. 비록 내가 사과하고 끝났지만 좋은 도전이었던 것 같다. 보통 싸우면 내일은 무섭지만, 나는 내일이 기대된다. 걔는 어떤 심정일지 기대돼서이다. 오늘은 싸웠지만 스트레스가 해소돼서 다행이다. 엄마도 언제나 당당하라고 했었다. 이제 그 말을 알았다. 싸움의 원인은 어디에서나 나올 수 있으니 언제나 나는 싸우지 않으려고 해야겠다!

6

아이들의
자존감

어렸을 땐 말하고 싶어도 말은 못 하고, 울면 애들에게 놀림 받고 짜증 났다. 아이들은 말을 못 하면서 자란다. 그래도 어린이 때라 그 기억은 없어지겠지만, 나는 생생히 아직도 기억난다. 오늘은 애들이 말하지 못하는 경험을 들려주겠다.

어린이집에 간다. 어린이집에 갈 땐, 엄마 자전거 뒤에 탄다. 어린이집은 방학이 없다. 나는 초1이 기대된다. 도착했다. 오늘은 비가 왔다. 엄마 우비를 같이 쓰고 왔다. 자전거 뒤에는 계속 뭐가 걸린다. 다리를 벌려야 된다. 아니면 엄마가 페달을 밟다가 부딪친다. 다리가 정말 힘들다. 어린이집 선생님은 엄청 착하시다. 열세 살 나의 태권도 관장님은 수업용 웃음이고, 이 웃음은 진짜 웃음이다. 관장님은 특히 어른이 오면 바로 인사를 하시는데, 애들도 놀란다. 나는 페퍼민트반이다. 유치원에서는 보통 뭐 하고 있나 싶으실 것인데 알려 주겠다. 동화를 한 편 보고, 낮잠도 자고, 놀다가, 밥 먹고, 집에 온다. 한두 번씩은 한 20평밖에 되지 않는 실외 놀이터를 열다섯 명이 가서 논다, 또 우쿨렐레도 배웠다, 기타 같아서 신기하기도 했다. 나는 어린이집이 재밌지는 않았다. 한두 번씩 수학했다. 쉬웠다. 애들은 7+5를 14라고 했다. 나만 12라고 했다. 14라고 했던 친구들은 나를 왕따시켰다. 수업이 끝나고 역할 놀이를 했다. 근데 걔가 계속 물 떠달라, 이 숙제 좀 도와달라며 뭘 시켰다. 점점 짜증이 났다. 한두 번도 아니고, 계속 그러니까 화가 날 수밖에 없다. 안 받아 주면 삼총사 위치에서 뺀다고 했다. 모르고 죄다 시키는 대로 했다. 다시 만나면 내가 당했던 것을 다시 돌려줄 것이다. 삼총사 때문에 2년 동안 괴로웠다. 엄마는 이런 나를 보고 너도 가서 싸우라고 했다. 나는 이것 때문에 엄마와도 싸우고 유치원 선생님하고도 싸우고, 친구들하고도 싸웠다. 또 엄마는 나에게 당하지만 말고 나가서 싸우라고 했다. 무섭게 말했다. 지하철에서도 싸우고, 내가 엄마랑 버스를 탔을 때도 싸웠다. 하겠다고 말하지만 잘되지 않았다. 나보다 덩치가 큰 친구도 있는데 싸울 수가 있겠는가. 그렇게 짜증 날 수밖에 없다. 그때는 혼자 있고 싶어도 혼자 있을 곳이 없었다. 왜냐면 우리 집은 원룸이었다. 그래서 옷장 안으로 들어가 있었다. 거기에서 울었다. 그래도 엄마는 내가 우는 것을 몰랐나 보다. 다행히도 소리 없이 울어서 그런가 보다. 아침이 되었다. 오늘도 삼총사에 안 끼워 준다며 나를 놀리고 있었다. 나도 화가 났다. 그래서 선생님에게 말했다. 걔가 갑자기 운다. "선생님! 흑흑. 아니, 흑… 현우가 저 계속 뭘 시켜요."이랬다. 아니, 자기가 시켰으면서 나보고 그랬다고 한

저도 다 생각이 있어요

다. 이때 내가 태권도에서 배운 돌려차기로 걔의 뒤통수를 치고 싶었다. 선생님은 "그래? 현우야, 왜 그러니. 어? 제발 우리 O 좀 그만 시켜. 넌 남자잖아."라면서 나의 의견은 물어보지도 않았다. 이제 둘 다 미안하다고 하고 끝났다. 잘못한 것은 내가 아니라 쟤인데. 왜 나만 혼나는 것 같을까. 너 대체 왜 그러냐고, 내가 잘못한 게 아닌데 왜 상황을 바꿔서 이야기하냐고 했지만 나에게 돌아오는 답은 "야, 어쩌라고. 너 삼총사에서 뺄 거야. 황현우 쟤 빼."였다. 나는 왜 무시하냐고 물었다. 하지만 내 말을 무시했다. 나도 짜증이 나서 "그래라. 너 같은 친구는 필요도 없어."라며 시원하게 말했다. 이러니까 속이 뻥 뚫리는 느낌이었다. 이때 처음으로 통쾌함을 느꼈다. 그래도 내가 세게 말해서 그런지 30분 뒤 걔네는 우리한테 와서 미안하다고 했다. 나도 많이 고민했는데 다행이다. 이제는 엄마에게 혼나지 않아도 돼서 다행인 것 같다. 그리고 내가 애들과 레고를 하고 있었는데, 조금 지나고 걔네들이 선생님께 혼났는지 나에게 와서 사과했다. "현우야, 미안해. 내가 다시는 안 그럴게. 미안해. 다시 삼총사 끼워 줘."라고 말을 먼저 했다. 다행이다. 나는 이렇게 받아쳤다.

"그래. 그러든 말든 그렇게 놀리면 다시 너니 두고 봐."

"응! 미안해. 얘들아, 들어왔네."

"히히. 같이 가! 나도 놀래!"라며 재밌게 끝났다. 하지만 아직도 걔네들한테 짜증은 차 있다. 나를 많이 갖고 놀아서. 처음에는 진짜 얘를 때리고 싶었다. 이제는 괜찮다. 화해했으니까.

애들은 사과받는 걸 좋아한다. 내가 커서도 사과가 중요할 것이다. 오늘도 싸웠지만 괜찮다. 화해했기 때문이다. 오늘도 열심히 살았고, 내일도 열심히 살 것이다. 싸우는 것도 하나의 경험이다. 많이 싸워야지 성장한다.

저도 다 생각이 있어요

7

'관장님,
솔직히 저 싫죠?'

다른 사람에게 힘쓸 필요가 없다. 짜증 나기만 한다. 요즘 이렇게 바쁜데 말 같지도 않은 말을 누가 들을까. 예를 들면 "다른 애들은 실력이 올라가는데 왜 너는 올라가지 않아?" 이런 소리 들을 바에는 태권도를 끊는 게 낫다. 그리고 다른 도장에 가면 된다. 오늘은 내가 도장에서 일어난 일을 알려 주겠다.

오늘 도장에 갔다. 요즘 도장이 바뀌었다. 근처에 있던 태권도장이 돈이 없다면서 다른 곳으로 이사 왔다. 그러면서 하는 말은 "애들아, 도장이 너무 낡아서 이 도장으로 바꿀 거야."라고. 확실히 봐도 거짓말하는 게 티가 났다. 그렇다고 이번 달 회비를 내서 안 다닐 수는 없다. 그 도장은 버스를 타고 가야 한다. 버스 타고 가면 한 15분 걸린다. 길면 뭐 20분도 걸린다. 나는 또 정류장까지 가는 시간도 한 10분 된다. 그래서 나는 집에서 20분에 나왔다. 그리고 나는 버스정류장에 10분도 채 되지 않아 왔다. 버스는 빨리 오지 않았다. 그래도 다행히 버스를 탔다. 하지만 버스는 빨리 출발하지 않았다. 40분부터 기다렸는데 50분에 출발한다. 지각할 확률이 높다. 버스를 타고 신호가 걸리지 않기만 바라고 있었다. 버스가 거기까지 반쯤 왔을 때 6시가 되었다. 그곳에 도착했을 때 나는 7분을 늦은 채 왔다. 관장님은 이렇게 늦게 올 수 있냐며 잔소리를 퍼부으셨다. 그럼 도장을 바꾸지 않으면 되는 것이다. 도장을 바꾸기 전에는 우리 집에서 도장까지 3분이면 갔다. 그러면 내 잘못이 아닌데 어떡하라는 걸까. 하지만 나보다 5분 지난 검은 띠 친구 P는 혼나지 않았다. 아니, 나는 거의 욕 수준으로 했으면서 P는 "어, P야. 빨리 와. 괜찮아~ 늦을 수도 있지."라며 혼내시지 않았다. 정말 답답했다. 나도 따지고 싶었지만 가만히 있었다. 주변에 애들도 그러고 오늘은 몸살이 났는지 몸이 너무 뻐근했다. 오늘부터는 6시 반부터 시작해서 8시 반까지 한다. 화가 났다. 그리고 나는 처음부터 몸풀기도 했다. 그럼 30분 더 한 것이다. 그래서 8시까지만 하고, 집에 갈겠다고 하는 생각이 들었다. 하지만 말할 시간이 없었다. 처음 타임이 끝나고 바로 몸을 풀고 연습하라고 하셨다. 쉬라는 말씀은 없었다. 정말 힘들었다. 나는 다리를 찢었다. 관장님은 "다리를 뭐 맨날 풀어?"라면서 나에게 화를 내셨다. 오늘이 몇 번째일까. 머리에 열이 찼다. 나는 그래서 발차기 연습을 했다. 옆에서는 또 훈수를 두셨다. 앞차기는 시선이 중요하다, 앞축을 만들어라, 제대로 안 할 거면 하지 마라 등 정말 많았다. 수업이 시작하고, 관장님은 품새를 했다. 처음에는 서바이벌했다. 두 번까지는 살았다. 하지만 나는 마지막에 지르기

저도 다 생각이 있어요

에서 더 뻗지 않았다고 해서 아웃이 됐다. 나는 팔이 나갈 정도로 크게 폈다. 모든 애들도 그랬다. 관장님은 "야, 옆에 O는 잘만 하네. 너 저번에 대회 나가고, 너는 더 성장하는 게 없어. 열심히 좀 해라. 제발."이라며 비교하셨다. 울상이 돼서 자리에 앉았다. 진짜 울 뻔했지만, 그래도 겨우겨우 눈물을 삼켰다. 서바이벌은 공동우승으로 끝났다. 왠지 짜증이 났다. 나는 집으로 오는 길에 인스타를 찍었다. 관장님은 여기서 도복 입고 찍지 말라고 했다. 왜냐, 저 태권도장은 이상한 춤 추는 것 보니까, 잘 안 돼 있다고 생각해 사람들이 안 온다는 게 이유였다. 나는 태권도가 끝나고도 한 번 혼났다. 아니, 혼자서 하는 것은 자유 아닌가. 말하려고 했지만 집에 가야 한다며 문을 닫았다. 나는 그리고 버스를 타고 집에 왔다. 버스를 탔는데 정말 편했다. 3시간 서 있다가 한 번 앉으니까 저렸다. 그래도 열심히 해서 기분이 좋다. 집에 가는 중 게임을 했다. 집에서는 못 하니까 이럴 때는 할 수 있다. 오늘도 힘들었다.

"아니, 지금 몇 시인데. 왜 이렇게 늦었어?"

"네, 죄송해요. 이제부터는 8시 반까지 한대요. 저도 오늘 알았어요."

"알았어. 빨리 와서 밥 먹어. 엄마가 만두 해 놨어."

"알겠어요. 저 씻고 올게요."라며 엄마도 화를 냈다. 나는 열심히 하고 있다. 관장님도 혼내고, 엄마도 혼내면, 이 일을 말할 사람은 없다. 아무한테도 말을 못 해서 슬프기도 하고 자책감도 들었다. 저녁에는 특강을 들었다. 듣는데 내가 너무 울상이라 다시 한번 혼났다. 나는 엄마에게 오늘 있었던 일을 말했다. 엄마는 나보고 네가 열심히 했으면 이렇게 안 됐을 거라면서 공감은 해 주지 않았다. 엄마는 내 편이라고 했는데 짜증 난다.

오늘 나는 태권도도 다녀오고, 집에서 싸우기도 했다. 나는 왜 이럴까? 나도 최선을 다하고 있는데, 누가 공감 좀 해 줬으면 좋겠다. 하지만 해 줄 사람은 없다. 내 말을 들어 줄 사람은 가족 말고는 없는 것 같다. 그래도 나 혼자서 하면 된다. 그래서 지금 오늘도 성장해 냈다.

저도 다 생각이 있어요

8

오해의

시작

○

"친구들과 오해는 있을 수 있다. 가족하고도 있을 수 있다. 하지만 더 격해지면 안 된다. 싸우면 둘 다 짜증이 난다. 그러니 싸우는 건 나의 혈압만 높이는 것하고 같다." 오늘은 내가 이것 때문에 싸웠던 경험을 들려주겠다.

반에 왔다. 실내화로 갈아 신었다. 나는 실내화가 애들 것이랑 다르다. 조금 큰 털 신발이다. 어떤 친구는 부럽다고도 하고 다른 친구는 "이런 거 왜 신어?"라며 안 좋은 말도 한다. 우리 반은 각양각색인 것 같다. 문을 열자 선생님은 보이지 않았다. 애들은 내가 오자마자 말하려고 준비하고 있었다. 문을 열자 "야, 현우야, 지금 선생님 없다."라며 크게 말했다. 난 고맙다고 했다. 자리에 앉아서 우유를 마셨다. 오늘은 맛이 없는 우유이다. 우리 학교에서는 우유가 4가지로 나뉜다. 첫 번째는 적당히 고소한 우유이다. 이것의 이름은 연세우유이다. 두 번째는 몸에는 좋지만 왠지 쓴 우유이다. 표지에 칼슘, 마그네슘이 들어가서 좋다고 써져 있었다. 세 번째는 거의 철분 폭탄이라고 불릴 만큼 정말 우유에서 철을 씹었을 때 맛이 난다. 진짜 먹기가 싫다. 그래서 애들도 꺼려 하는 우유이다. 네 번째는 서울우유가 나온다. 나는 근본인 네 번째 우유가 제일 좋은 것 같다. 그중 오늘은 세 번째 우유가 나왔다. 그래도 우리 반은 우유를 먹지 않아도 된다고 해서 다행이다. 나는 마시지 않으려고 했는데 나랑 같은 마음인 친구가 많이 있었다. 8시 55분이 되자 선생님은 들어오셨다. 아침에 선생님은 교무실을 다녀오셨다고 하셨다. 1교시는 영어이다. 영어 교과실로 가야 한다. 원어민 선생님이 가르쳐 주신다. 영어실이 옆 반이라 1분도 걸리지 않는다. 나는 마지막으로 나갔다. 오늘은 개학하고 2일이 됐다. 나는 아직도 개학한 게 믿기지가 않는다. 오늘 교과 수업은 진도를 나가지 않고 간단한 게임이랑, 선생님 소개, 반 애들 소개를 한다고 하셨다. 아니, 근데 영어 수업은 왜 간 것일까. 우리는 발표를 내가 좋아하는 것, 이름, 닉네임을 말한다고 하셨다. 오늘 선생님은 1번부터 시작한다고 했다. 나는 마지막이다. 다행이다. 출석 번호대로 서는 건 안 좋은데, 발표를 늦게 하는 건 좋다. 애들의 닉네임은 이상하고 특이한 것도 있었다. 노인정 홍삼 캔디 도둑, 기관차 리코더, 콩순이 냉장고 등 많았다. 나는 돌고래로 했다. 영어 시간이 끝났다. 쉬는 시간에 보드게임을 못 해서, 수다를 떨며 놀고 있다. 우리는 2교시가 오기를 기다렸다. 체육이다. 체육은 피구를 한다. 짝수 번호끼리, 홀수 번호끼리 팀을 했다. 체육관에 오고 몸을 풀었다. 앞에서 장난치고 있던 친구들도 보였다. 피구가 시작됐다. 첫판은 우리가 이겼다. 우리 팀 O가 활약을 잘해 줬다. 다음 판은 우리가 처참하게 져 버렸다. 처음부터 다섯 명이 아웃이 됐고, 이어 나 빼고 다 아웃이 되었다. 이어서 남은 한 판도 아웃이 되었다. 우리 팀이 3:1로 졌다. 그리고 후에 미술 시간이 있었다. 내가 미래에 살고 싶은 집을 그리는 것이었다. 나는 최대한 방이 넓고 햇빛이 잘 들어오는 방으로 설정했다. 그리고 거실 앞에 정원이 있고 바다도 보이게 했다. 하지만 나의 친구랑 나랑 비슷했다. 걔는 내가 따라했다고 생각해 화가 났다. 왜 화가 났는지 모르겠다. 끝나고 다 같이 다시 쓰레기를 주웠다. 교실 바닥은 엉망진창이었다. 다시 쓰레기를 주웠다. 하지만 뒤에 친구는 쓰레기를 줍지 않고 화장실을 갔다. 걔 자리 밑에는 바닥이 종이로 꽉 차 있었다. 우리는 친구에게 고마워하라고 했다. 하지만 내가 다 했다면서 발뺌을 쳤다.

"야, 우리가 네 몫까지 다 해 줬어. 너 어디 갔었어?"

"나 화장실 갔었어."

"화장실에서 뭐를 했나 보다. 그래서 10분을 있던 거야? 어떤 거야?"

"아니, 해 줄 수도 있는데 왜 그렇게 따져? 고마워. 진짜 똥이 무서워서 피하냐. 더러워서 피하지."

"그럼 이거 선생님한테 말해도 되지?"라고 했다. 그러니까 바로 결국엔 사과를 했다. 그래도 하교할 때는 기분이 좋다. 집에 왔다. 걔는 나에게 카카오톡으로 "현우야, 제발 나대지 마. 그리고 그까짓 거 한번 해 줄 수도 있잖아. 왜 그래."라고 보냈다. 그래서 나는 이렇게 말했다. "야, 너 나대지 마. 그까짓 거? 아, 그래그래. 그럼 내가 너 차고 그까짓 거 좀 맞아 주면 안 돼? 이러면 좋냐? 그렇게 이유 없이 놀리지 말고, 생각 있게 말해라."라고 하고 난 걔를 차단해 버렸다.

오늘 별거 아닌 걸로 싸웠다. 나는 도와주기만 했는데. 고맙다고 하면 될 걸 이렇게 싸웠다. 다시 친해졌다. 언제나 싸울 수는 있다. 하지만 또 너무 격해지면 안 된다. 왜냐 나만 손해다.

저도 다 생각이 있어요

9

○

복수하는
효과적인 기술

       화가 많이 났을 때는 싸울 수도 있다. 솔직히 대화로 풀어 보는 게 제일 좋다. 그치만 말보다는 몸이 더 편하다. 그만큼 잘 해결하는 기술도 필요하다. 하지만 잘 안 된다. 내가 오늘은 친구랑 싸우고 깔끔하게 끝내는 경험을 알려 주겠다.

  학교에 갔다. 늦게 와서 바로 수업을 시작했다. 오늘은 1교시가 영어였다. 나는 요즘 태권도를 바꿀 생각을 하고 있다. 왜냐, 우리 태권도는 정말 지루하기 때문이다. 우리 반 친구들이 다니는 태권도장을 가 보고 있다. 한편으로 다녀 보는 게 재밌기도 하다. 1교시 쉬는 시간이 되었다. 나는 자리에 앉아서 책을 보고 있었다. 나는 『오늘 밤, 세계에서 이 사랑이 사라진다 해도』라는 책을 읽었다. 다는 못 읽었지만 재밌었다. 그리고 2분이 지나고 E라는 친구는 계속 우리 태권도에 와 보라고 했다. 그 태권도는 내 마음에 들었다. 수업이 어떻게 진행되는지 궁금해 한번 가 봤었다. 수업은 재미있었다. 관장님도 좋았고, 인테리어도 잘돼 있었다. 하지만 알려 주는 것도 없었고 바로 수업만 하셨다. 그리고 내가 집으로 가려고 하니까 "좀만 더 보고 가!"라며 우리를 붙잡았다. 하지만 계속 우리 태권도에 와 보라고 했다. 저번에도 갔었다. 계속 오라고 한다. 나는 아직 결정하지 못했다. 다시 가면 부담스럽기도 하고, 그냥 가면 수업만 하는데 뭐 하자는 걸까. 나는 무시했다. 하지만 붙어 다니면서 계속 오라고 한다. 아니, 싫다면 싫은 건데, 왜 그럴까. 나는 그만하라고 했다. 칠판에 가서 친구들이랑 그림을 그리고 있었다. 나도 한마디 했다.

"야, 그만 따라와. 내가 안 간다고 했잖아. 근데 왜 네가 마음대로 결정해?"

"네가 안 오니까 그러지."

"야, 결정은 내가 하는 거야. 알겠어?"

"하, 그래. 알겠다. 나도 이 짓거리가 짜증 난다."라며 싸웠다. 말로만 싸웠다. 나는 왠지 해방된 느낌이라 좋았다. 하루가 지나고 학교 안에서 E는 "황현우는 망하고 이상하고 죽여 버릴 놈이야."라고 했다. 나는 옆에서 다 듣게 되었다. 그래서 나는 어떻게 복수를 할지 고민했다. 점심시간에 축구할 때 복수를 해야겠다고 결심했다. 점심시간에는 축구를 했다. 상대 팀에는 E가 있었다. 그래서 '이번이 복수할 기회이다.'라고 생각했다. 근데 어떻게 할지는 아직 모르겠다. 그래도 축구를 하면서 생각하면 된다. E가 나에게 와서 태클을 걸었다. 하지만 점프했다. 그리고 착지할 때 E의 발을 밟았다. 나는 "괜찮아?"라고 물었다. 나를 때리려고 했다. 하지만 피했다. 그리고 나는

저도 다 생각이 있어요

말했다. "피했쥬?" 걔는 들었긴 했지만 아픈게 우선이라 아무말도 못했다. 옆에 있던 친구 심판이 와서 E에게 옐로카드를 주었다. 방금 발목을 스쳐 지나갔다. 그만큼 세게 태클을 건 것이다. 마침 골대 근처라 페널티킥을 차게 되었다. 나는 쉽게 골을 넣었다. 마침 점수도 3:3이었는데 골을 넣어서 4:3으로 이기게 되었다. 우리 팀엔 키가 크고 헤딩을 잘해서, 별명이 조규성인 친구가 있다. 내가 크로스를 높게 올려 주면 친구가 헤딩해서 넣는 것이다. 정말 좋은 계획이다. 그렇게 크로스를 올렸고 친구는 이상했지만 넣었다. 그러고 나는 복수를 했다. 남은 시간은 1분이었지만 나는 E에게 몸싸움으로 세게 어깨치기를 했다. 걔는 넘어졌다. 시원했다. 나는 옐로카드를 받았지만 거의 점심시간이 끝나 가던 즈음이어서 반으로 들어갔다. 근데 천우신조처럼 바로 종이 쳤다. 그래서 다 같이 들어가게 되었다. 우리는 반으로 들어갔다. 근데 E는 발이 아프다고 보건실에 간다고 했다. 선생님은 축구하며 다쳤냐고 물었다. E는 현우에게 밟혔다고 했다. 선생님은 나와 보라고 했다. 나는 E가 태클을 걸었는데, 내가 점프해서 피했다고 했다고 말했다. 착지할 때 발등이 밟힌 거라고 한 것이다. 내가 안 피했으면 내 발목이 상처를 입는 건데 당당하게 말했다. 선생님도 내 말을 이해하셨는지, E를 혼내셨다. 나는 나이스라며 좋아했다. 선생님하고 대화가 끝나고, E의 눈빛은 더 따가웠다. 그래 봤자 내가 기분이 안 나쁘면 끝이다. 그래도 복수를 해서 다행이다. 만약에라도 못 했으면 막 속이 답답했을 것이다. 복수를 하고 나면 처음에는 짜릿한 쾌감이 밀려온다. 또 마음에서 승리의 여운이 퍼져 가는 것 같았다. 그동안 설명하지 않은 내용도 있다. 지금의 기분은 그때 느꼈던 억울함이 한순간에 풀리는 것 같은 기분이다. 지금은 마치 짐을 덜어 낸 느낌이 있지만, 그 기분은 뭔가 이상하게 뒤섞인 감정으로 가득 차 있다. 그래서 한편으로는 시원하기도 하지만 마음에 걸리는 것도 있다. 결국, 복수를 통한 기분은 복잡하다. 또 만족과 평화를 찾기가 더욱 어려워 보일 수 있다. 복수는 일시적인 쾌감을 줄 수 있지만, 길게는 나한테 어떤 게 행복을 가져다주는지에 대한 생각도 유도할 수 있다. 그래서 이제부터는 막 장기적으로 조금만 당해도 바로 복수해 갚으려는 것이 아니라, 내가 점점 이해하는 삶으로 바꿔야겠다!

오늘도 축구 하나 때문에 싸웠다. 하지만 괜찮다. 내가 기분이 나쁘지 않으면. 언제나 때리려고 하는 건 안 좋은 것 같다. 역시 무시가 답인 것 같다. 안 좋은 뜻도 있지만 좋은 뜻도 있다.

저도 다 생각이 있어요

제3장

다툼의 끝

1

○

'선생님께
알려 드립니다'

'싸우는 것은 이제 몸이 아닌 말로.' 나는 지금까지 친구와 계속 몸으로도 싸우고 말로도 싸웠다. 하지만 지금부터는 몸이 아닌 말로 할 것이다. 이젠 '선생님께 알려 드립니다'가 생겼으니까. 오늘은 내가 선생님께 알려 드립니다로 문제를 해결한 경험을 말해 주겠다.

이때는 5학년이었다. 반에 도착했다. 햇빛이 쨍쨍했다. 오늘은 내가 학교를 두 번째로 왔다. 한 명은 나랑 친하지 않은 친구였다. 새 학기라 그런 거지 지나면 괜찮아질 것이다. 나는 앉아서 서랍을 정리했다. 오늘 시간표는 심폐소생술, 영어, 수학, 과학, 미술이었다. 오늘은 체육이 없다. 그래도 점심시간에 나가서 놀면 된다. 오늘은 다른 강사님이 와서 수업을 하신다. 기대된다. 우리 반 애들도 체육만큼은 아니지만 다른 강사님이 오셔서 수업하는 걸 좋아한다. 강사님이 오셨다. 그분은 박사학위를 취득하셨다. 정말 부러웠다. 나의 꿈이 박사여서 그런 것일 수도 있겠다. 빨리 박사가 되고 싶다. 심폐소생술은 어디에 쓰이는지부터 알았다. 사람이 기절했을 때 하는 것이었다. 내용이 복잡하고 어려웠다. 시범을 봤다. 동작이 절도 있고 멋져 보였다. 강사님은 한번 해 볼 사람이 있냐고 물으셨다. 나는 손을 들어서 해 보고 싶다고 했다. 또 나의 친구들도 같이 해 줬다. 앞으로 나와서 해 보았다.

강사님이 하는 것처럼 되지 않았다. 잘 눌리지 않고 힘들었다. 힘을 줘야 하나 보다. 그래도 옆에서 도와주셔서 결국에는 했다. 천천히 쉽게 알려 주셔서 더 잘됐던 것 같다. 하지만 앉아서 내가 하는 것을 본 친구들은 나를 비웃었다. 아니, 못할 수도 있는 것인데 왜 그럴까. 정말 부끄러웠고 짜증 났다. 나는 이것을 '선생님께 알려 드립니다'에 썼다. 애들에게는 말하지 않았다. 보통은 그런 애들한테 시간을 주는 게 아까워서 하지 않지만 지금만큼은 하고 싶었다. 그냥 사과해 달라고 하면 되는데 애들은 먹히지 않을 것 같았다. 2교시에는 영어 수업을 한다. 영어를 하러 영어실에 갔다. 원어민 선생님이 있었다. 이름은 'Rebecca' 선생님이셨다. 본 지 며칠 안 돼서 나는 이름표를 가지고 자리에 앉았다. 오늘은 'Where are you from?' 단원이었다. '너의 출신지는 어디니?'라는 뜻이다. 쉬웠다. 나라 이름만 외우면 된다. 다른 애들도 쉬워했다. 나의 6학년 시점으로 볼 때는 이 단원이 제일 쉬웠던 것 같다.

그리고 수업이 끝나기 10분 전 선생님은 우리랑 게임을 했다. 김치게임이었다. 특히 김치송이 중독성 있었다. 첫 번째 탈락자가 나왔다. 상관을 쓰지

저도 다 생각이 있어요

않고 계속 봤다. 그렇게 몇 명이 더 탈락되었다. 선생님이 전체 부활이라고 했다. 나도 다시 했다. 이번엔 내가 마지막으로 살아남았다. 선생님은 나에게 젤리 한 개를 주셨다. 나는 집에서 과자나 젤리를 먹지 못해서 이럴 때만 먹을 수 있다. 아이들은 집에서는 안 먹는데 학교에서는 마이쮸 하나만 있어도 인싸가 될 수 있다. 그래서 이런 작은 것도 정말 귀하다. 2교시 쉬는 시간이 되었다. 나는 똑같이 오목을 두었다. 언제나 오목은 재밌다. 내가 3:0으로 이겼다. 그렇게 기분이 좋아진 나는 3교시 국어 수업을 들었다. 기분이 좋은 상태라 그런지 문제도 잘 풀렸다. 옆자리가 계속 중얼중얼거린다. 자세히 들어 보니 엄마가 나를 혼냈다 한다. 이런 것은 '선생님께 알려 드립니다'에 못 쓰는데. 어떡할까. 나는 국어가 끝나고 옆자리 친구와 이야기를 나눴다. 걔는 시험을 많이 틀려서 혼났다고 한다. 그러고 나는 그 애한테 물어봤다. "너 몇 점 맞아어?"라고 했다. 걔는 60점을 맞았다고 한다. 괜찮다며 내가 공감을 해 주었다. 나는 4교시가 시작할 때까지 계속 토닥여 줬다.

한편 같이 오목을 계속 두는 친구는 할 게 없으니까, 그냥 멍만 때리고 있던 것 같았다. 점심을 먹고, 5교시 '선생님께 알려 드립니다' 시간이 왔다. 원래는 미술 시간이다. 하지만 그 시간에 '선생님께 알려 드립니다'를 한다. 먼저 많은 친구들이 이야기를 했고 또 사과를 하러 갔다. 다음은 내 차례였다. "황현우, 나와." 난 오늘 1교시에 있었던 일을 말했다. 난 열 명의 친구들에게 사과를 받고 싶다 했다. 선생님은 좋다고 하셨다. 다섯 명은 제대로 사과를 했고, 세 명은 대충 사과를 했고, 나머지 두 명은 "내가 왜!"라며 막 따지기 시작했다. 솔직히 대충하는 것도 짜증 나는데 막 따지니 더 짜증이 났다. 특히 마지막 친구는 어이가 없었다. "내가 웃은 게 너 때문이 아닐 수도 있잖아?"라고도 했다. 그러면 다른 친구랑 장난을 치고 있었다는 것이다. 내가 하고 있을 때는 선생님이 말을 하시지 않았다. 담임선생님도 화장실에 가 있으셨다. 나는 짜증이 나서 한마디 했다.

"너 그러면 뭐 했나? 뭐 그때 손톱 뜯고 있었나?"

"뭐 그렇게 웃긴 게 있었어."

"그럼 그게 뭔데."

"그건 비밀이지?"

"그래도 사과는 해야지?"

"내가 왜? 내가 잘못한 이유를 대." 이런다. 나는 그냥 사과를 받지 않았다. 더 하다가 나만 짜증이 날 것 같았다. 더 화를 내려고 하던 거 겨우 참았다. 그래도 선생님은 결국에 친구한테 사과하라고 하셨다.

그래도 '선생님께 알려 드립니다'는 좋은 것 같다. 선생님은 옆에서 우리에게 하는 것에 이건 네가 잘못했네. 이렇게 말해 주신다. 그래서 요즘은 '선생님께 알려 드립니다' 덕분에 재밌게 생활하고 있다. 꼭 이런 게 없어도 나는 잘 풀어 갈 수 있다. 요즘 글을 써서 그런가? 하루하루가 즐겁다. 나는 요즘 화를 다양하게 해소하고 있다. 그 이야기는 다음 장에 있다. 매번 이런 안 좋은 일이 발생하지만, 이런 걸 기회라고 생각해야겠다. 그게 나의 인생이니까.

저도 다 생각이 있어요

2

'술래잡기
한 시간 뚝딱!'

"나쁜 게 있어도 풀기만 하면 끝이다." 오늘은 토요일이다. 오늘은 뭐 할지 궁금하다. 아는 누나랑 노는 것? 친구들이랑 놀이터에서 노는 것? 건물에서 숨바꼭질하는 것? 다양한 것이 있다. 누나랑 놀 것이다. 언제나 노는 것은 즐겁다.

나는 누나 집에 찾아가서 문에다가 "똑똑똑. 누나 나와라, 오버."라면서 불렀다. 참고로 누나는 나의 옆집에 사는 아는 누나이다. 나는 외동이 싫다. 남매, 자매, 형제는 그나마 대화라도 할 수 있으니까 심심하지는 않을 것이다. 하지만 외동은 계속 심심하다. 하지만 누나는 쉽게 나오지 않았다. "누나는 없다, 오버."라면서 거절을 하였다. 나는 누나한테 "아니, 놀자. 안 나오면 내 얼굴."이라면서 재촉을 하니까 바로 "야, 기다려. 나 바로 나갈게."라면서 바로 나왔다. 아니, 내 얼굴이 그렇게 이상한 걸까. 나는 다른 친구들도 불러서 같이 놀았다. 지금은 노을이 지고 있었다. 핑크색인 하늘은 마치 복

숭아 같았다. 오늘은 눈이 오고 있다. 오늘은 눈사람도 만들 것이다. 하지만 눈은 많이 오지 않았다. 그래서 눈이 쌓일 때까지는 마당에서 놀 것이다. 나는 아는 누나를 다 부르고 친구들도 불렀다. 나는 외동이라 같이 놀사람이 없다. 난 친구들을 만들어서 논다. 다행히 나는 친화력이 좋아서 동생들도 있었다. 한 열 명 되는 것 같았다. 먼저 우리는 사방치기를 했다. 사방치기는 옛날 놀이이지만 요즘 우리 동네에서는 유행하고 있었다. 마당은 돌로 되어 있어서 다른 놀이터로 놀러 갔다. 그나마 흙이 많았다. 나는 빨리 선을 긋고 시작했다. 상대 팀이 먼저 했다. 이렇게 옛날 놀이가 유행하는 건 이번이 처음이다. 이번에 팀은 상대 친구들 중에서는 잘하는 친구들이 많았지만 우리 팀은 거의 다 초보자였다. 그래서 내가 캐리를 해야 된다. 참고로 캐리는 옆에서 애들이 못해도, 내가 다 해 준다는 말이다. 그렇게 우리가 먼저 시작했다. 처음 3단계까지는 쉽게 하였다. 하지만 4단계에서 멈추었다. 돌 던지는 것을 잘못 던졌다. 나는 세 번째였다. 우리 팀은 5단계는 거뿐히 하였다. 하지만 돌 던진 것을 주우려고 하다가 실수로 선이 손에 닿아 버렸다. 애들의 눈은 정말 매서웠다. 마치 빨리 선을 밟으라는 마음 같았다. 그렇게 우리가 4:3으로 졌다. 그래도 괜찮다. 우리는 이제 마당으로 돌아갔다. 다행히도 눈을 치우시지 않으셨다. 눈은 수북하게 쌓여 있었다. 하지만 점점 건물에 사는 분들이 치우기 시작했다. 우리는 재빨리 만들었다. 눈싸움용 눈을 만들었다. 최대한 압력을 더해 딴딴하게 만들었다. 눈싸움은 시작됐다. 맞춘 건 우리가 더 많이 맞췄지만 정확도는 상대가

저도 다 생각이 있어요

더 좋다. 얼음땡도 했다. 처음엔 누나와 아는 동생이 했다. 얼음은 5번이었다. 심장이 쫄깃쫄깃하니까 재밌었다. 이 판은 우리 팀이 이겼다. 뒤에서 따라올 때 스윽 피하고 재미있다. 다음은 숨바꼭질이었다. 마당만 사용하면 재미가 없어서 건물까지 했다. 술래가 딱 내 앞을 지나갔는데 어떻게 모를까. 다시 봐도 신기했다. 그렇게 심장이 쫄깃쫄깃했다. 그렇게 이번에도 우리 팀이 이겼다. 이번엔 경찰과 도둑이었다. 이번엔 내가 술래가 되었다. 전력 질주를 해서 친구 세 명을 잡았다. 아, 너무 쉽다. 다른 친구가 감옥을 잘 지키지 못한다. 내가 다 해 놨는데 아깝다. 알고 보니 양각이었다. 그렇게 이번엔 우리 술래 팀이 졌다. 세 명이 일이 있다며 집에 들어가 봐야 한다고 한다. 아직 일곱 명이나 있다. 우리는 집에 가서 어몽어스를 하자 했다. 우리는 보이스톡으로 했다. 먼저 I가 술래였다. 어몽어스라 표시가 돼 있지 않았다. 미션을 했다. 게이지가 차올랐다. 그렇게 첫 번째로 죽은 사람이 생겼다. 누구냐고 물어보니 R이 죽었다고 했다. 나 빼면 네 명이 남아 있다. 내 생각엔 I 같다고 했다. 미션하는 척하고 게이지가 오르지 않았다고 했다. 근데 의심하고 패스를 했다. 내가 시작하자마자 죽었다. 안 보이는 곳에서 죽어서 애들이 생사를 알 수가 없다. 근처에 있었던 F가 나를 찾아 줬다. F는 I를 투표하자고 했다. 다행히도 이겼다. 다음 판에도 R이 걸렸다. 이번에도 우리가 이겼다. 우리는 다시 밖에서 놀자고 했다. 애들은 안 된다고 했다. 근데 문자로 오늘 같이 논 친구가 너 왜 그러냐며 물었다. 나는 뭐 잘못한 게 있냐고 물어봤다. 걔는 "왜 내가 술래일 땐 잡히지 않고 네가 술래일 때 나만 잡아?"라고 했다. 그래서 나도 반박을 했다. 어떻게 했냐면 "야, 그러면 너 술래 때 나 왜 잡아? 이거랑 똑같잖아."라고 했다. 나는 내가 술래가 되었을 때 걔만 먼저 컷을 하고 방을 나가려고 했다. 애들에게 내 상황을 얘기해 주니까 이해해 주었다. 내가 술래일 때는 잡고 술래가 아닐 때는 피하면서 노는 것이다. 나는 잡은 사람들이 달랐다. 그렇게 생각할 수 있으니까, 나는 미안하다고 사과를 했다. 하지만 내가 술래가 되었을 때 대놓고 그 친구만 아웃을 시켰다. 그리고 나는 게임을 나갔다. 그러니까 속이 정말 시원했다. 그리고 나는 엄마랑 화를 풀러 노래방에 갔다. 어제도 갔지만, 오늘은 꼭 가야 한다. 그래야지 화를 푼다. 또 오늘 저녁은 매운 떡볶이를 해 달라고 했다. 맛있으면서도 달달한 이 맛은 정말 한 입만 먹어도 기분이 좋아진다. 그렇게 나는 화가 다시 풀리고 기분 좋게 남은 하루를 보낼 수 있었다.

오늘 나는 어이없는 일로 화가 났다. 나처럼 어이없는 일 때문에 화가 날 수도 있다. 하지만 화는 풀면 된다. 나는 화가 날아갔다. 그런 화나는 곳에 에너지를 쓰면 더 화가 난다. 안 좋은 에너지에 힘을 쓰면 기분이 안 좋아지고 짜증이 난다. 하지만 기분이 좋아지는 쪽으로 에너지를 쓰면 더 기분이 좋아진다. 나도 지금은 안 된다. 하지만 지금부터 연습을 해서 '화나도 어떻게 풀까?'에 집중을 할 것이다. 짜증 나도 풀면 된다. 커서는 이런 일이 아주 빈번하게 일어날 건데, 이 정도는 참아야겠다.

3

마음은 두 개,
잔소리는 두 배

　　그래도 언제나 엄마가 최고이다. 나는 계속 어이없는 일로 싸운다. '관심받으려고 하지 마라.', '이것도 고쳐라.' 이렇게 많이 싸운다. 그래도 내가 아플 때 도와주는 사람은 옆에 있는 가족밖에 없다. 부정적인 마음을 가지지 말고, 엄마에게 고마운 마음을 가져야겠다. 그러면 엄마가 좋아질 것이다. 오늘은 내가 엄마와 어이없게 싸운 일을 알려 주겠다.

　　태권도를 다녀왔다. 집에 오니 6시 반이었다. 오늘은 태권도에서 호신술을 했다. 호신술은 내 몸을 나 혼자서 지킬 수 있는 방법이다. 실전에서 정말 유용하다 하지만 잘 나오지 않는다. 그만큼 연습이 필요하다. '그래도 나는 시범단이라, 관장님이 더 특별하게 알려 주신다.' 이렇게 대하는 것은 말이 되지 않는다. 말만 시범단이고 특별하게 알려 주시는 것은 없다. 기본기를 배웠으면 진도를 나가야 되는데 계속 기본기만 한다. 3개월이 지나고 다시 새로운 친구들이 오니까 기본을 다시 해야 하고 이게 계속 반복이다.

재미가 없을 수밖에 없다. 나도 한마디 하고 싶지만 참고 있다. 오늘 저녁은 만두였다. 만두에 간장을 딱 찍어 먹고 밥을 이어서 먹어 주면 세상 천국이 여기다. 밥을 먹고 쉬면서 엄마랑 장난을 치고 있었다. 그렇게 놀다가 갑자기 엄마가 딱 머리를 벽에 박았다. 갑자기 분위기가 싸해졌다. 나는 엄마가 실수해서 박은 줄 알았다. 하지만 내가 밀었다고 한다. 엄마는 그렇게 기분이 붕붕 뜨면 안 된다고 혼내셨다. 내가 다쳤을 땐 "현우야, 다치면서 그럴 수도 있지! 왜 그래."라고 하신다. 나도 엄마에게 반박을 하였다. "엄마! 그럼 엄마도 제가 장난쳤을 때는 엄청 혼냈으면서 왜 그래요!"라고 했다. 왠지 분위기가 싸했다. 엄마는 방으로 들어가셨다. 왠지 무서웠다. 엄마의 방문을 열려고 했는데 잠겨 있었다. 젓가락으로 찔러서 잠금을 풀고 봤더니 엄마는 가만히 눈을 감고 계셨다. 나는 죄송하다고 싹싹 빌었다. 그렇게 1시간이 지나고 엄마는 가라고 하셨다. 이제 한마디를 하신 것이다. 나는 계속 죄송하다고 했다. 그러니 점점 엄마는 인상을 펴셨다. 다행이었다. 그래도 나의 엄마이다. 나는 참았다.

오늘 학교가 끝났다. 끝나고 놀이터에서 바구니 그네를 타다 왔다. 나는 바구니 그네를 잘 민다. 정말 재미있다. 그냥 그네보다 훨씬 잘 올라간다. 오늘은 90도를 넘어서 올라갔다. 정말 재미있었다. 하지만 그러다가 핸드폰이 떨어졌다. 깨지지는 않았다. 보통 이렇게까지는 안 올라가는데 조금은 신기했다. 핸드폰을 가지고 오지 않은 상태로 집에 왔다. 집에 도착했을 때는 모르고 있었다. 하지만 나는 집에 놓고 간 줄 알았다. 그래서 집에

저도 다 생각이 있어요

왔는데 없어서 놀이터에 갔다 왔다. 다행히 놀이터에서 찾았다. 십년감수
했다. 엄마가 어디 있었냐고 물어봤을 때, 나는 바구니 그네 밑에 있었다
고 했다. 내가 잘 보지 못했다. 엄마는 나에게 보고, 듣고를 잘하라고 한 50
번은 말해 주셨다. 하지만 잘 하지 못했다. 나는 잘 잊어버린다. 나에게는
큰 문제다. 커서도 이렇게 되면 어떻게 될까? 나는 그렇게 혼났다. 나는 이
런 대답을 바란다. "찾았네! 오, 대박. 잘했어!" 그래도 엄마는 많이 혼내시는
만큼 나에게 칭찬도 많이 해 준다. 그래도 엄마이다. 그리고 나서 우리는
배드민턴을 치러 공원에 갔다. 오늘은 엄마와 배드민턴을 칠 것이다. 엄마
는 운동 중에서 가장 잘하는 운동이 배드민턴이다. 엄마가 젊었을 때부터
해 온 운동이다. 그래서 왠지 나도 배드민턴을 좋아한다. 옛날에는 내가 싫
어하는 운동이었다. 하지만 요즘은 나도 배드민턴에 맛이 들어서 계속 같
이 친다. 우리 집에서 배드민턴장까지는 멀지만 우리 집 근처 공원이 있어
서 그쪽으로 갈 것이다. 나는 학교 배드민턴부 학생이다. 그래서 실력도 요
즘은 많이 좋아졌다. 스매시도 자유자재로 다룰 수 있고, 손목도 잘 꺾어서
멀리 칠 수도 있다. 이제 모든 준비를 마치고 치기만 하면 된다. 벌써부터
기대된다. 처음에 실수로 다른 쪽으로 줬다. 나는 엄마에게 미안하다고 했
다. 엄마는 알겠다고 했다. 그래도 한 번은 실수할 수 있다. 이번엔 엄마가
실수를 했다. 근데 그게 계속되었다. 한두 번도 아닌 다섯 번을 잘못 치셨
다. 그래도 다음에는 계속 이어 갔다. 재밌었다. 그렇게 30분을 치고 좀 쉬
고 있었다. 나는 물었다.

"엄마, 엄마가 아까 다섯 번이나 못 쳤는데 일부러는 아니죠?"

"너 왜 그렇게 말해? 엄마가 못 치니까 봐줘야지. 너도 그랬잖아."

"저 한 번 실수했는데요."

"왜 그렇게 따져. 엄마 안 한다?"

"아니에요, 어머니. 미안해요." 하며 원래는 분위기가 안 좋게 흘러가고 있었는데, 이제는 다시 좋게 쳤다. 분위기가 좋아서 그런지 더 재미있고 잘 쳐졌다. 엄마는 언제나 짜증이 날수도 있다. 그때마다 내가 안 나게 도와줄 거다. 그래도 우리 엄마이다. 정말 고맙다.

오늘은 내가 엄마랑 어떻게 싸우는지 알려 줬다. 근데 싸우면 나만 더 안 좋다. 그리고 엄마랑 싸우는 것은 무용지물이다. 화낼 필요가 없다. 나는 오늘부터 싸우지 않을 것이다. 뭐든지 싸울 수 있다. 그래도 그 사람이 싫다고 하지 말자. 그 사람 안에는 따뜻한 본심이 있으니 잘못해도 화가 안 날 수 있게 될 때까지 계속 연습할 것이다. 지금부터 시작이다.

저도 다 생각이 있어요

4

나에게 필요한 건
라면과 친구

"먼저 친구들에게 좋은 인상을 보여야 한다." 화가 나도 먼저 친구가 있어야 한다. 나 혼자서도 할 수가 있지만 친구랑 화를 푸는 것은 좋다. 공감을 해 주는 사람이 있기 때문이다. 오늘은 내가 화를 풀었던 경험 두 가지를 알려 주겠다.

오늘은 짜증 나는 일이 있었다. 오늘따라 P가 계속 같이 놀자고 한다. 나는 싫은데. 그래서 나는 다른 친구랑 놀아야 된다고 하고, 1교시 쉬는 시간을 보냈다. 또 2교시 쉬는 시간 P가 찾아왔다. 말은 똑같았다. 나는 해야 할게 있다고 가라고 했다. 할 것은 없었다. 나는 걔랑 놀고 싶지 않았다. 그리고 또 3교시, 4교시 점심시간에도 물어봤다. 5교시 때도 물었다. 내가 왜 그러냐고 묻자, 같이 놀고 싶다고 했다. 알고 보니 딱히 놀 친구가 없으니까 나한테 온 것이다. 원래 친구가 없던 게 아니다. 친구가 있는데 걔랑 싸워서 나랑 놀고 싶었던 것이다. 나는 모든 친구들이랑 두루두루 논다. 하지만 P에게는 큰 단점이 2개 있다. 첫 번째는 말을 꼬아서 이상하게 하는 것이다. 예를 들면 "어, 아니. 그러니까. 아려하세요." 이런다. 말도 같이 하기 싫다. 말을 하면 할수록 짜증이 난다. 같이 놀기도 싫다. 솔직히 나는 다른 친구랑 같이 놀지만 계속 같이 놀자고 한다. 이게 2년 동안 고쳐지지가 않는다. 두 번째는 예쁜 척을 많이 하고 때리는 것이다. 아는 노래가 나오면 앞으로 나가서 바로 춤을 춘다. 하지만 우리 반 애들 모두는 관심을 주지 않는다. 요즘 말로는 관종이라고 불린다. 하지만 나는 그냥 잘한다고 해 준다. 그래서 내가 싫어하는 것이다. 또 우리 반에 걔보다 춤을 잘 추는 애들은 많지만 칭찬을 해 준다. 하지만 여자애들은 무시를 한다. 나랑은 취미가 맞지 않는 것 같다. 또 자기 말대로 되지 않으면 막 때린다. 그래서 후에는 P가 말을 시키지 않았다. 어쨌든 나는 오늘 P 때문에 화가 나 있다. 집착을 해서인지 조금 더 화가 났다. 오늘 후에 공원에서 놀 것이다. 그러면서 화는 저절로 사르르 풀릴 것이다. 같이 노는 친구들 중에는 Y라는 친구가 있다. P와는 다르게 진짜 장점이 많다. 그렇게 나는 Y에게 오늘 화가 났던 일도 말하고, Y가 게임을 정말 잘해서 게임에 관한 얘기도 했다. 특히 브롤스타즈라는 게임에서 세계 최고 점수가 100,000만 점인데, Y는 50,000점이다. 선수급이다. 내가 공을 챙기고, Y가 물을 내 거까지 챙겨 줬다. 가방을 두고 공만 후다닥 챙겨서 바로 나왔다. 공원에서 축구를 시작했다. 먼저 몸풀기로 원터치 패스 게임을 했다. O는 좀 있다가 온다고 하였다. 내가 먼저 시작을 했다. 생각보다 Y는 축구를 잘했다. 35번째가 되자 Y가 실수

저도 다 생각이 있어요

를 했다. 이제 O가 왔다. O는 우리의 음료수를 사 오느라 늦었다고 했다. 또 옆에 R 친구도 데리고 왔다. "얘들아, 하이요."라고 하면서 손을 흔드는 게 딱 R의 특징이었다. O는 축구를 잘하지는 못한다. 하지만 Y보다는 잘한다. Y도 축구를 못하지만 좋아한다. 원터치 게임을 이번 판은 내가 이기고 다음 판엔 내가 졌다. 이제는 진짜 축구를 했다. 팀은 나 혼자 팀 하고 Y랑 O랑 같은 팀이었다. 이번엔 Y가 한 골 넣었다. 이건 내가 실수를 했다. 하지만 첫판은 연습 게임이다. 그렇게 축구를 했다. 언제나 축구는 재밌다. "현우야, 때려! 빨리해!" 옆에서 P의 목소리가 들려왔다. 나는 슈팅력은 좋은데 결정력이 정말 안 좋다. 여기에서 슛을 해야 되나, 패스를 주어야 하나, 나는 잘 못한다. 근데 나의 습관인지는 모르겠지만, 나는 무조건 한 번 걷고 차야 한다. 그러니까 이 말은 한 박자 쉬고 차야 한단 것이다. 그러면 수비수가 사이에 다 들어와서 슈팅을 방해한다. 나는 공이 앞에 있어도 한 박자 쉬고 찬다. 그래서 그런지 슈팅이 좋지 않다. 하지만 이기고 있다, 마지막은 승부차기로 5점 내기를 했다. 3:2이다. Y가 3이다. 이번엔 Y가 못 넣었다, 이번엔 내 차례이다. 내가 넣었다. 3:3이다. 그래도 충분히 잡을 수 있다. Y가 넣었다. 내가 여기서 넣어야 한다. 결국에는 넣었다. Y는 간절히 기도하고 있었다. Y는 중간으로 차서 나는 쉽게 막았다. Y는 넣지 못했다. 마지막으로 내가 슛을 했다. Y는 왼쪽으로 다이빙을 했고 나는 오른쪽으로 가볍게 찼다. 나는 넣었다.

"나이스!"

"아니, 저게?"

"하하. 봤잖아. 형이야." 난 호날두 세리모니를 했다. 그래도 뭐, 재밌었으니 됐다. 나는 공을 가방에 넣고, 음료수를 사러 갔다. 원래 Y가 사 준 물이 있는데 깜빡하고 물을 샀다. 역시 운동하고 음료수를 마시는 것은 진짜 천국이다. 그리고 역시 음료수는 '포카리 스웨트'가 제일 맛있는 것 같다. 역시 이 맛에 운동을 하나 보다.

이렇게 많은 것으로도 화를 풀 수 있다. 나는 Y랑 축구를 하고 얘기를 하며 화를 풀었지만 다른 방법들도 많다. 오늘도 재밌었다. 내일도 재밌을 것이다. 언제나 화는 풀 수 있다. 그러니 최대한 화는 빨리 풀어야 된다. 그래야지 편해질 것이다.

인내심을
이렇게 쓸까요?

"짜증 나는 사람은 무시가 편하다." 언제나 이런 사람들은 생기기 마련이다. 나만 짜증 나면 손해 보는 것이다. 나는 이제는 무시하거나 영혼 없는 공감을 해 준다. 오늘은 그런 경험을 들려주겠다.

　학교에 갔다. 친구들은 열 명 되는 것 같다. 오늘은 방학하기 3일 전이었다. 오늘 마지막 체육 수업이 있다. 뭐 할지 궁금하다. 2교시에 체육 수업을 한다. 1교시에는 국어였다. 국어 시간엔 토론을 한다. 내가 진행자를 맡았다. 주제는 '월요일 1교시 책 읽기 시간을 어떻게 할까?'였다. 우리 반에는 월요일 1교시마다 책 읽기 시간이 있다. 먼저 반대 편이 주장을 펼쳤다. "없어도 됩니다. 책을 읽으면 졸리고 심심합니다. 또 우리는 이미 책을 많이 봅니다!"라고 말했다. 웃기기도 했지만 신기한 주장이었다. 저 친구가 학교에서 책을 읽는 모습을 한 번도 보지를 못했다. 1교시 책 읽기 시간이 있어도 다른 애들하고 장난만 쳤다. 다음 찬성 편이 말했다. "책 읽기 시간은 필요합니다. 왜냐, 책을 읽으면 지식도 많이 얻을 수 있고 더욱더 문해력을 키울 수 있습니다."라고 말했다. 타당하다. 진행자는 마음이 어디 쪽에도 가면 안 된다. 하지만 나는 말하지는 않았어도 마음이 살짝 찬성 편에 가 있었다. 다음은 반론하기였다. 먼저 찬성 편이 진행했다. "반대 편 님, 혹시 책 읽기 시간이 없어지면 무엇을 하실 것입니까? 그리고 책을 읽으면 이야기에 빠져서 심심할 틈이 없습니다."라고 했다. 왠지 모르게 멋있어 보였다. "1교시 책 읽기 시간이 없어지면 자유 시간을 가지면 됩니다. 그리고 있어도 책을 싫어하는 애들이 대다수일 수도 있습니다. 그러고 문해력을 기르는 것은 국어 시간에 수업에 잘 집중하면 됩니다. 지금처럼 말이죠." 우리는 이제 주장 다지기를 했다. "우리는 책 읽기를 하지 말자는 의견입니다. 왜냐, 책을 읽으면 지루합니다. 특히 두꺼운 책을 읽을 때에는 더 재미가 없습니다. 하지만 문해력은 좋아집니다. 그래도 졸면서 책을 보는 것보다 자유 시간을 갖는 게 어떻겠습니까? 이상입니다.", "다음 찬성 편이 말해 주십시오.", "네, 우리는 책을 봐야 합니다. 책을 보면 점점 재미도 있습니다. 작가가 온 힘을 다해 쓴 책인데 안 읽으면 뭐가 되겠습니까? 이상입니다."라면서 찬성 팀이 주장을 끝냈다. 참 치열한 전투인 것 같았다. 이렇게 보면 진행자라서 다행인 것 같다. 그러면서 국어 수업도 같이 끝났다. 쉬는 시간에 나는 오목을 두었다. 상대는 나보다 못했다. 하지만 방심하면 안 된다. 자만하면 질 수도 있다. 그렇게 시작했다. 내가 승률이 높았다. 이겼다. 다음 판은 내가 졌다. 다음 판도 결과를 말하기가 싫다. 3판 2선인데 내가 졌다. 상대는 막 놀렸다. "나보다 못하네. 하하." 이것뿐만이 아니다. 더 많이 놀렸다. 그래도 인내심으로 참았다. '선생님께 알려 드립니다'에 쓰려고 했지만 참았다. 이제 체육을 한다. 체육에선 컬링을 했다. 시합도 한 번 했었다. 우리가 이겼다. 바로 오목에서 나를 놀렸던 친구에게 가서, "나보다 못하네. 히히. 더 성장해서 와라. 수고!"라며 다시 놀려 줬다. 물론 반으로 가는 중에 걔의 뒷담은 들렸지만 나는 무시를 했다. 점심시간이 되었다. 점심시간 때는 내가 급식 당번이었다. 오늘은 수요일은 다 먹는 날이라 맛있는 급식이 나온다. 그림의 떡이었다. 나는 오목에서 졌다고 놀린 친구의 급식을 조금 줬다. 나는 기분이 좋아졌다. 복수를 두 번이나 했으니 이제 그만해야겠다. 학교가 끝나고, 다시 Y랑 놀 것이다. 재밌겠다. 이런 게 사이다인 것 같다. 엄마는 집에 있었다. 나는 가방을 두고 야구 방망이를 챙겨 바로 나왔다. 오늘은 친구 두 명을 더 불렀다. 오늘은 눈으로 야구공을 만들어서 야구를 할 것이다. 재밌겠다. 내가 먼저 타자가 되고 포수는 Y이고 심판은 E, 투수는 D였다. 먼저 헛스윙을 두 번이나 하고 마지막으로 안타를 쳤다. 잘못하면 삼진이 될 뻔했다. 다음은 내가 심판이다. E가 쳤다. 홈런처럼 진짜 멀리 나갔다. 대단하다. 다음은 내가 투수였다. 깔끔하게 루킹삼진이 됐다. 그다음은 내가 포수였다. 타자는 D였다. D도 나처럼 두 번을 헛스윙하고 마지막에 내 머리를 쳤다. 아팠다. 호수에 올챙이를 풀어주면 막 멀리 나아가는 것처럼, 목까지 아팠다. 방망이가 플라스틱이라 많이는 아프지 않다. 그래도 뭐, 놀다 보면 그럴 수도 있다. 진짜 막 화를 내고 싶었다.

오늘 나는 오목을 같이 둔 친구한테도 놀림도 받고 D한테도 머리를 맞았다. 이렇게 조금씩 짜증 나는 것은 사소하게 풀면 된다. 이때 짜증이 나는 상황에서 긍정적인 생각이나 감사할 점을 찾아보면 좋다. 솔직히 말하면 이게 말이 안 된다고 하지만 이 말을 기억이라도 한다면 그나마 괜찮아질 것이다. 또 긍정적인 생각으로 감정을 전환하면 대체로 스트레스와 짜증을 줄이는 데 도움이 된다. 이 방법은 또한 감정적으로 더 건강하게 대처할 수 있게 도와준다. 그래서 나도 집으로 가서 천천히 생각을 해 보았다. 그러니 점점 화가 풀렸다. 그래도 D가 바로 사과를 해서 다행이다. 언제나 짜증 나는 사람은 있기 마련이다. 하지만 나만 화난다. 그러니 그런 사람한테 관심을 줄 필요가 없다. 오늘 하루도 재밌었다. 다양했다. 내일도 모레도 이런 날이었으면 좋겠다.

저도 다 생각이 있어요

6
비행기

"나도 저런 비행기처럼 멋지게 날아가고 싶다." 나는 종이비행기를 좋아한다. 친구들 중에 모르는 친구들은 없다. 그만큼 나는 열심히 날린다. 열 번 중에 세 번은 멀리 잘 날고, 일곱 번은 중간이거나 땅으로 박힌다. 이것은 나 같다. 한두 번씩 하다가 잘될 때도 있고, 안될 때도 있다. 하지만 계속 연습하면 더 잘 날게 될 것이다. 오늘은 내가 종이비행기를 날린 경험을 알려 주겠다.

'we play'라는 종이비행기 유튜브를 하루에 30분씩 매일 봤다. 유튜브는 'we play'만 보았다. 나의 꿈은 '레드불 종이 비행기 대회'에서 일등을 하는 것이다. 오늘은 토요일이다. 해가 밝았다. 바깥 온도는 35도였다. 지금 시각 9시 나는 운동을 할 겸 종이비행기를 밖에서 날리고 왔다. 정말 재밌었다. 한 시간 반을 날렸다. 그리고 갑자기 마당 뒤에 사는 A 친구가 창문을 열고 형 뭐 하고 있냐며 물었다. 나는 비행기를 날리고 있었다고 했다. 나한테 종이비행기를 날려 보라고 했다. 나는 하면 안 된다고 했다. 하지만 A는 계속 해 보라고 했다. 나는 지금 높이 올라가는 오래 날리기 비행기가 없었다. 나는 오직 멀리 날리기만 했다. 그래도 나는 한번 해 보았다. 이 비행기는 올라가다가 수직으로 떨어졌다. 정말 어려웠다. A는 나에게 "형이 만약에 되면 내가 초콜릿 줄게!"라고 했다. 나는 초콜릿을 안 먹지만 고맙다고 했다. 나는 집에 가서 오래 날리기 비행기를 접어서 나왔다. 그래서 이제는 오래 날리기 종이비행기도 있다. 오래 날리기는 최대한 높이 날려서 안 떨어지게 누가 더 오래 버티나 경기이다. 그만큼 올리는 팔 힘이 좋아야 했다. 걔네 집은 3층이었다. 한 집 높이가 적어도 2m 30cm인데, 약 7m이다. 거기에 뭐 더 있으니까 거의 9~10m를 올려야 했다. 국가대표는 30미터를 날린다. 대단하다. 거의 3배 차이이니까, 날릴 수 있다고 생각했다. 나는 적어도 2층까지는 올라갔다. 하지만 3층은 무리였다. 한 번은 그래도 닿았다. 하지만 A가 잡지 못하고 닿고 떨어졌다. 어쨌든 30분을 놀았다. 그렇게 있다가 또 두 시간을 더 놀았다. 정말 재미있다. 날리면 날릴수록 더 하고 싶어진다. 하지만 오늘은 숙제가 있었다. 나는 집에 들어가서 영어 숙제를 했다. 영어 숙제는 언제나 재미없다. 재미있게 생각해도 잘되지 않는다. 끝나고 또 중국어 수업도 있었다. 중국어는 영어보다는 재밌다. 끝난 시간은 3시였다. 나는 다시 나가서 종이비행기를 날렸다. 숙제가 빨리 끝나서 너무 좋다. 지금 바깥 온도가 32도이다. 정말 더웠다. 이래서 '남극이 녹는구나.' 했다. 그래도 괜찮다. 파리바게트에서 음료수를 주문하고

저도 다 생각이 있어요

쉬었다. 파리바게트 안은 정말 시원했다. 에어컨이 빵빵하게 틀어져 있었다. 나는 마당으로 가서 에이드를 옆에다가 두고 다시 날렸다. 에어컨을 쐬다가 밖에 나오면 왠지 더 더운 것 같다. 나온 지 한 3분 정도 돼 땀이 쭉쭉 흘렀다. 나랑 같은 건물에 사는 사람들이 지나가면서 나를 걱정해 주셨다. 나는 계속 쉬지 않고 했다. 그만큼 더 재미있다. 중간에 나랑 같이 종이비행기를 날릴 친구 한 명을 구했다. 둘 다 실력이 비슷하지만, 내가 조금 더 기록이 좋았다. 나는 중간에 음료수를 깜빡했다. 그러다 보니 에이드에 있는 얼음이 다 녹아서 따뜻해졌다. 먹어 보니 이 맛은 내가 아는 그 맛이 아니었다. 그러고 시간을 보니 5시 반이 되어 있었다. 나는 집에 한번 들어가서 다시 종이비행기를 다시 접고 왔다. 종이비행기를 계속 날리다 보면, 종이비행기 앞쪽이 찌그러진다. 그래서 계속 펴 줘야 한다. 집에 들어왔을 때 엄마는 나를 보고 놀라셨다. 어떻게 놀았길래 이렇게 얼굴이 맛있는 토마토가 되었냐고 물으셨다. 나는 노느라 깜빡했다고 말했다.

"와서 좀 쉬고 가."

"아니에요. 전 종이비행기만 다시 접고 나갈 거예요."

"안 돼. 쉬고 나가."

"네, 알겠어요. 엄마."라며 40분을 쉬었다. 엄마는 저녁을 할 동안은 밖에서 놀아도 된다고 말씀하셨다. 나는 바로 나가서 한 시간을 더 놀았다. 5시간 반 동안 날렸다. 그만큼 나는 꾸준히 노력해서 최대 35미터까지 날려 보았다. 이제는 열정이 식었지만, 다시 열심히 해 보려고 한다.

나는 이만큼 열심히 했다. 언제나 열심히 해야지 되는가 보다. 꾸준히 하는 게 중요한가 보다. 종이비행기를 날린 것처럼 공부도 열심히 해야겠다.

저도 다 생각이 있어요

7

호날두
세리모니

○

"힘들 때는 나가서 운동을 해야 한다. 나도 운동을 하고 공부를 하니까 공부가 잘된다. 내가 오늘은 짜증 날 때 운동했던 경험을 알려 주겠다."

학교 점심시간이다. 오늘은 1교시 쉬는 시간에 싸웠다. 이유는 친구가 허락 없이 내 연필을 가져가서 썼기 때문이었다. 선생님한테 빌리면 될 걸 왜 나한테 했을까. 연필 한 자루 안에 있는 이 흑연은 백 원도 안 한다. 하지만 사과를 하지 않아서 짜증이 났다. 이런 거 가지고 왜 싸우나 하지만 나에게는 진심이다. 어른들은 공감을 못 해 주겠지만, 우리한테 이런 것을 공감해 주는 게 정말 고마운 것이다. 그것 때문에 화가 나 있다. 종소리가 울리자마자 우리 반 애들은 화장실로 뛰어간다. 내가 손을 먼저 씻으려고 그런다. 오늘은 우리 분단이 네 번째다. 나는 1분단이고 첫 번째로 받는 분단은 3분단이다. 나는 될 때까지 앉아서 앞 친구하고 떠들었다. 말하다 보니 순서가 금방 왔다. 최대한 급식을 빨리 먹고, 운동장에 가서 축구를 할 것이다. 오늘은 화가 나 가지고 더 열심히 할 것이다. 걔를 일부러라도 맞추고 싶었다. 내가 일등인 것 같다. 지금 시간은 12시 20분이었다. 나는 공가지고 놀고 있었다. 5분이 지나자 애들은 많이 모였다. 우리는 반 대항전으로 했다. 우리 반 대 2반이었다. 우리 반은 4반이었다. 킥오프를 했다. 상대가 했다. 라인이 조금씩 밀렸다. 그래도 골킥으로 차 둬서 괜찮다. 우리 공이 되자 역습을 했다. 근데 공을 빼앗겼다. 조금만 더했으면 되는 건데. 그래도 잘했다. 역습할 때 너무 급했었다. "괜찮아."라며 위로를 해 주었다. 여자였으면 막 싸우는데 우리끼리는 거의 싸우지 않는다. 역시 친구들은 정말 고맙다. 우리는 다시 기분 좋게 했고, 오른쪽에 있는 O가 잘 올려 줘서 내가 헤딩으로 골을 넣었다. 애들이 좋아했다. 나도 정말 좋았다. 우리 반 창문을 보며 옆 돌기를 했다. 그리고 O랑도 세리머니를 했다. 다시 우리는 똑같이 라인을 밀었다. 내가 다시 친구에게 공을 주고 돌파해서 다시 패스를 주었다. 그리고 다시 코너킥을 찼다. 나는 공을 높이 띄우지 못했는데 지금은 잘되었다. 그러자 O가 사이로 발리슛을 찼다. 진짜 잘 찼다. 거의 조기축구 선수급의 발리슛이었다. 하지만 골이 들어가고 종이 쳤다. 내가 하는 것에만 집중하다가 때리는 걸 못 했다. 지금이라도 때릴 걸 그랬다가, 나는 그냥 반으로 들어왔다. 학교가 끝나고, 나는 배드민턴을 쳤다. 방과 후 때문에 갔다. 갔는데 코트가 한 개가 남았다. 나는 빨리 자리를 잡았다. 나는 아침에 기분이 나빴지만 지금은 괜찮다. 오늘 배드민턴은 정말 기대가 된다. 나는 배드민턴을 정말 좋아한다. 일곱 살 때부터 계속 쳤다.

정말 재미있다. 치다 보면 소리가 경쾌하고 시원시원하다. 나는 오늘 축구를 같이한 O랑 배드민턴을 같이 칠 것이다. O는 나보다는 못 치지만 그래도 실력이 준수하다. 나는 오늘 O한테 "내가 안 봐준다. 스매시도 하고 그런다."라고 했다. O는 살살 치라고 했지만 나는 계속 스매시를 날렸다. 정말 재밌다. 오늘따라 배드민턴을 치는 소리가 더 크게 들렸다. 정말 경쾌했다. 치면 칠수록 더 재밌어졌다. 하지만 오늘은 번개와 비가 오고 있었다. 이상한 날씨였다. 아침에는 해가 뜨다가 축구 할 때는 흐리고 지금은 비가 온다. 어쨌든 그래서 무섭기도 했다. 어떨 때는 스매시할 때 천둥소리도 나서 엄청 시끄러웠다. 그래도 나의 상대 O는 착해서 다 받아 줬다. 정말 고마웠다. 그래서 지금까지도 베스트 프렌드다. 나는 그렇게 치다가 선생님이랑 일대일을 하게 되었다. 선생님은 정말 잘 치신다. 그것도 일대일로 풀 코트였다. 어떻게 해야 되는지 모르겠다. 선생님은 봐주신다고 했다. 내가 스매시를 때려도 선생님은 계속 받아 내셨다. 그래서 그런지 선생님에게 스매시가 잘 먹혔다. 나는 다시 O랑 치다 끝나고 피구도 했다. 피구는 언제나 재밌는 것 같다. 오늘은 선생님이 팀을 정해 주셨다. 원래 같았으면 6학년들 주장이 우리를 한 명씩 뽑는 것이다. 우리 팀은 잘하는 형들이 많았다. 다행이다. 버스를 탈 수 있게 되었다. 그래도 나는 보통 한 2인분은 해서 조금 잘하는 편에 속한다. 우리는 다섯 판을 3:2로 이겼다. 이겨서 다행이다. 마지막 판에는 심장이 쫄깃쫄깃했다. 스코어는 2:2였는데 우리 팀에는 한 형만 남아 있었다. 하지만 형은 정말 잘했다. 그래서 상대 팀에는 세 명이 남았는데 그것을 다 맞추었다. 정말 재미있었다.

오늘도 이상한 것으로 싸웠다. 하지만 괜찮다. 그 화를 풀었기 때문이다. 나는 O에게 감사하다. 나의 화도 풀어 주고. 역시 힘들 때는 옆에 친구들밖에 없는 것 같다. 친구들에게 잘해 줘야겠다. 나는 O에게 구슬 아이스크림을 줬다. 친구들이 있어서 감사하다. 또 고맙다. 이런 게 우정인 것 같다. 나한테 이런 친구들이 있어 다행이다.

저도 다 생각이 있어요

제4장

엄마와 좋게
보내고 싶어요

1

편안한
집안 분위기

○

"내 말도 맞다 해 주세요."

엄마는 싸울 때마다 내 말은 다 아니라고 하신다. 그래서 내 말은 계속 틀린 말이 된다. 말을 해 봐도 "아니, 왜 말 끼어들어?"라며 말문이 막히고 잔소리가 늘어난다. 그래서 나는 계속 주눅 든다. 오늘은 내가 싸운 이야기를 알려 주겠다.

오늘 시장을 간다. 엄마는 꿀을 사야 하는데, 따라가는 것이다. 가는데 엄마가 뭐라고 한다. 자전거를 타고 가고 있어서 안 들리는데, 계속 뭐라고 말하신다. "현우야! 요즘 글은 잘 써져?"라며 크게 부른 것인데 나는 못 들었다. 엄마한테 가서 뭐냐고 물어봤다. 하지만 엄마는 내 말을 무시했다. 그래서 못 들은 줄 알고 다시 물어봤다. 드디어 들렸다. 하지만 말투는 좀 이상했다. 난 잘 써진다고 했다. 오늘은 엄마가 꿀과 갈비와 생선을 샀다. 다 내가 좋아하는 것이다. 또 엄마는 과일도 샀다. 맛있겠다. 군침이 지금부터 돈다. 시장을 둘러보았다. 맛있게 생긴 게 많았다. 붕어빵, 호떡, 찹쌀떡 모두 맛있어 보였다. 사지는 않았다. 보기만 하고 사지는 못해서 조금 아쉬웠다. 이제는 집에 간다. 짐들을 자전거에 실었다. 그리고 가는 길에 엄마는 신호등을 못 보고 무단횡단을 했다. 신호등이 나무에 걸쳐져 있어서 잘 보이지 않았다. 그래도 나는 보았다. 나는 천천히 갔다. 나는 신호등이 켜지자마자, 단숨에 엄마에게 가서 무단횡단을 한 것을 알려 주었다. 엄마는 그거 가지고 왜 그렇게 따지냐고 나에게 화를 내셨다. 나는 엄마가 인정하면 된다고 했다. 내가 혼날 때 엄마가 나한테 했었던 방법이다. 그렇게 결국엔 화가 난 채로 집에 가게 되었다. 아니, 엄마는 왜 그럴까. 원래 무단횡단을 하는 것은 좋지 않은 것이다. 엄마는 화나면 정말 무섭다. 내가 어떨 때는 사람들 다 보는데 복도에서 한 시간 동안 손 들고 있었던 적도 있었다. 우리는 하천 옆으로 갔다. 정말 예뻤다. 개그로 "오, 엄마 어디 있어요? 꽃 속에 숨어 있어서 어디에 있는지 모르겠네요?"라며 개그를 했다. 엄마의 반응은 역시 좋았다. 그나마 엄마의 기분이 좋아진 거 같다. 엄마는 좋아하셨다. 그리고 하천 옆에 목요일마다 하는 장터가 있다. 엄마는 장터를 둘러보고 온다고 하셨다. 알겠다고 하고 나는 집에 갔다. 나도 집에 다시 갔다가 바로 태권도장에 갔다. 이렇게 엄마가 화났을 때는 개그로 풀어 보면 좋다. 하지만 안 될 수도 있다는 점을 알고 있어야 한다.

나는 캠프를 다녀왔다. 그 캠프는 정말 비싸다. 3박 4일에 30만 원이다.

저도 다 생각이 있어요

거의 하루에 8~10만 원은 하는 것이다. 캠프에서는 청소를 하라고 했었다. 빨래를 개는 방법, 바닥 닦기, 빗자루로 쓸기 등 많은 것을 배웠다. 나는 어제도 했고 언제나 많이 했었다. 하지만 오늘 내가 집에서 하지 않아서 싸웠다. 이럴 땐 방법이 있다. 엄마처럼 삐져 있거나 내가 가서 미안하다며 사과를 하는 것이다. 나는 보통 가서 미안하다고 하는 방법이 제일 좋은 것 같다. 그러면 내가 어떻게 사용이 되는지 예시를 보여 주겠다.

첫 번째, 나는 할 것을 한다. 홈런을 해도 되고 지금처럼 글을 써도 된다. 그럼 엄마가 결국엔 나온다. 엄마가 나온 이유는 엄마가 설거지를 하거나 화장실에 가거나이다. 근데 좀 있다 물어보면 엄만 더 화가 나 있다. 화해한 적은 많이 있지 않다. 이럴 때 내가 이 첫 번째 방법으로 그래서 엄마에게 죄송하다고 말하면 더 화가 나 있다. 내가 먼저 손을 내밀어야 한다.

다음 두 번째는 먼저 내가 엄마에게 다가가서 "엄마 죄송해요."라고 하면서 엄마의 어깨를 흔드는 것이다. 그럼 처음에는 저리 가라며 화가 나 있을 거지만 몇 번 더 하면 더 화가 나 있을 것이다. 하지만 이렇게 화나 있을 때 정신을 차려야 한다. '호랑이 굴에 들어가도 정신만 차리면 산다.'라는 말이 있다. 계속 하다 보면 엄마도 지쳐서 "알겠어."라고 말하시게 된다. 이 두 번째 방법으로는 화해를 해 본 적이 많다.

"엄마~ 죄송해요. 한 번만 봐줘요."

"한 번이 지금 이게 몇 번째야!"

"한 번만요. 다음부터는 안 그럴게요. 오! 엄마 방금 웃었죠!"

"다음부터는 엄마가 안 봐줄 거야~!" 이러면 화해가 된다. 최고의 방법은 싸우지 않는 것이다. 쉽지는 않겠지만 한두 번씩은 내 주장도 내세워 볼 만하다.

나도 커서는 변호사가 되고 싶다. 왜냐, 나의 주장을 펼치고 끌고 나가니깐. 이런 엄마의 장점은 나한테도 도움이 되는 것 같다. 엄마가 화내도 그래도 우리 엄마다. 그러니까 싫어하는 마음 말고 감사하는 마음을 가져 보면 더 좋겠다.

저도 다 생각이 있어요

2

현우의
관찰

"주장 뒤에는 근거가 따라붙는다."

'바늘 가는 데 실 간다.'라는 속담이 있다. 그처럼 주장 뒤에는 근거가 붙는다. 근거가 없으면 이유 없이 우기는 것이다. 그러니 무조건 이유가 있어야 한다. 오늘은 내가 엄마랑 싸웠던 경험을 알려 주겠다.

오늘은 설날이다. 콧노래가 절로 나온다. 이번 설날에는 작은이모 집에 간다. 이모는 영등포구에 산다. 나는 강북구에 살아서 이모네 집까지 가려면 1시간 10분 정도 걸린다. 이번에는 가서 2박 3일 있을 것이다. 갈 때 나는 피곤해서 자면서 갔다. 그러니 한숨에 도착했다. 이모네 집에 도착해서 인사를 했다. 이모부하고 이모, 사촌 누나까지 나를 반갑게 맞이해 주셨다. 그러고 짐을 풀고 사촌 누나 C 누나의 방에 들어갔다. 누나의 방에는 놀 게 정말 많았다. 짐 볼도 있었고, 큐브도 있었고, 대망의 닌텐도 스위치도 있었다. 우리 집에는 그 게임기가 없다. 그래서 사촌 누나네 집에서만 할 수 있는 특권이다. 먼저 우리는 '모여 봐요 동물의 숲'을 했다. 신기한 게 많았다. 낚시도 할 수 있고, 인테리어도 할 수 있고, 집도 꾸밀 수 있었다. 누나는 나처럼 롤, 피파, 카트라이더 이런 게임을 하지 않았다. 그냥 생활 게임인 마인 크래프트나, 지금 하는 '모여 봐요 동물의 숲'을 했다. 누나가 착한 이유가 이렇게 좋은 게임을 해서일 수도 있겠다. 그렇게 20분 정도를 하고 저녁을 먹었다. 메뉴는 엄마가 탕수육을 튀겨 주셨다. 그리고 이모는 옆에서 두부 면을 만드셨다. 내가 이름은 잘 모르는데 맛은 새콤달콤하면서 쫄깃쫄깃했다. 그리고 면발은 탱탱했다. 그러니 나의 최애 반찬일 수밖에 없다. 근데 나는 탕수육도 맛있다. 엄마의 맛은 크게 세 가지가 있다. 맵기, 달기, 새콤하기로 크게 세 가지가 있었다. 나는 달달하고 살짝 매콤하게 해 달라고 했다. 엄마는 나의 주문을 흔쾌히 받아들였다. 하지만 엄마는 그 맛을 내지 않으셨다. 많이 새콤하고, 추가로 조금 맵게 하셨다. 나는 어머니가 일부러 하신 줄 아셨다. 그래서 화도 살짝 났지만, 어이없게 맛은 있었다. 그래서 말을 하려고 하다가 그냥 참았다. 그렇게 다 먹고 누나와 게임을 했다. 나는 낚시를 하는데 농어만 잡혔다. 아니라고 해도 연어였다. 그래도 한 번 개복치를 잡아 봤다. 또 누나랑 브롤스타즈를 했다. 누나가 나는 계정이 두 개여서 누나랑 같이 했다. 나는 에드거를 많이 쓴다. 나는 한 번 10,000원을 현질을 했었다. 3학년 때 엄마가 생일 선물로 해 주셨다. 근데 돈 낭비인 것 같다. 누난 오늘이 처음이라 잘은 못했지만, 초보자치고는 잘했다. 게임 시간이 끝났다. 엄마한테 끝났다고 말했다. 나는 조금만

저도 다 생각이 있어요

더 달라고 했다. 엄마는 설날이라고 40분이나 더 주셨다. 다음 날 백화점도 가고, 누나랑 루미큐브도 했다. 루미큐브는 3판 2선이었다. 첫판은 내가 지고 남은 두 판을 다 이겼다. 누나는 처음에 나한테 기선제압을 했다. 나도 똑같이 했다. 축구를 봤다. 12시 시작이다. 카타르 대 요르단이다. 2시까지 봤다. 3:1로 끝났다. 이모부는 3:1로 카타르가 이긴다고 했다. 근데 진짜로 맞았다. 나는 3:2를 생각했고, 누나는 2:1을 생각했다. 대박. 입에서 '와'밖에 나오지 않았다. 다음 날 아침밥을 먹고 당구를 봤다. 입사각, 반사각 같은 걸 어떻게 계산할까? 당구는 머리 게임인 것 같다. 그러고 인사를 하고 집으로 오면서 지하철을 기다렸다. 엄마는 내 머리를 만져 주셨다. 머리를 빗질하지 않아서 엉켜 있었다. 그래서 아프다고 했다.

"아아아, 아파요, 엄마!"

"이게 뭐가 아프게? 머리 만져 주는 게 싫어?"

"아. 아니요 죄송해요."

"됐어. 머리 안 만질게. 됐지?"라며 싸웠다. 나는 엄마한테 제가 머리가 엉켜 있다고 말하고 싶었지만 "어, 알겠어. 미안해."라며 내 말을 끊으셨다. 행복하게 보낸 추석인데 왜 싸울까. 아니, 잘못한 것은 엄마가 잘못했는데, 왜 내가 잘못한 느낌이 들까. 나는 엄마에게 아팠다고 다시 한번 말을 했다. 엄마는 알겠다고 했다. 근데 전혀 괜찮은 표정이 아니었다. 화냈을 때 그 표정이었다. 이때 구별할 수 있는 방법이 있다. 나는 '시익' 하면 엄마가 웃어야 한다. 왜냐 우울해 있을 때 이 방법을 쓰면 좋다. 엄마는 아무런 미동도 없으셨다. 그럼 화가 아직 안 풀린 거다. 그래도 한 20분 있으면 화가 풀리신다. 지하철 타고 가면서 기다리면 된다. 나는 잤다. 어제 2시까지 축구를 봤기 때문이다. 그리고 자전거를 타고 집에 왔다. 그러니 엄마의 화는 풀려 있었다. 다행이다. 빨리 화해돼서 기분이 좋다.

오늘도 어이없게 싸웠다. 나도 오늘은 주장을 말하고 싶었지만 말하지 못했다. 엄마가 화났던 것도 내가 근거를 말했어야 됐는데, 못 말해서 화가 난 것 같다. 그래도 화해를 했으면 된 것이다. 엄마가 화나도 짜증 내도 괜찮다. 다 나 잘되라고 하는 것이다. 한 개의 설명을 강조해서 말한 것이다. 나도 엄마가 화를 안 풀면 어떡하지. 계속 고민했다. 두렵기도 했다. 하지만 그런 생각은 필요가 없다. 이렇게 내가 소리만 안 냈어도 완벽하게 끝냈던 것이다. 언제나 계속 다르게 싸우는 게 어떨 때는 신기하기도 하다. '어떻게 이런 경험으로도 싸우지?'라는 생각도 든다. 언제나 세상에 완벽은 없다. 엄마와 싸울 수는 있다. 하지만 그때 어떻게 대처하는지가 중요하다.

저도 다 생각이 있어요

3　　　　　　　　　　　　　　　　　　　　　　○

노력의

차이

'못해도 최선을 다하면 됐다.'

　　못해도 대충했으면 실력이 늘지 않는다. 열심히 하면 경험이 쌓인다. 그럼 다음엔 더 잘할 수 있다. 그러니 못했다고 실망하면 안 된다. 오늘은 열심히 했는데도 잘되지 않은 경험 2가지를 알려 주겠다.

　　학교를 갔다. 오늘은 팝스가 있다. 팝스는 건강 체력 평가다. 오늘이 기대된다. 체력 측정이 뭐라고 이렇게 신나는지 모르겠다. 지금까지 열심히 준비했으니까, 잘될 것이다. 나는 걱정되는 종목이 있다. 바로 왕복 오래달리기이다. 전에는 95개를 했다. 100개를 해야지 1등급을 받을 수 있었다. 2~3교시에 팝스를 했다. 보통 1교시는 하는 게 없다. 처음에 책 보고, 샘은 어디를 다녀오시고, 공지사항도 듣고, 선생님은 칠판에 단원명이랑 책 페이지를 써야 한다. 공부할 수 있는 시간은 채 10분도 되지 않는다. 그러니 1교시는 책 읽기 시간이다. 오늘도 그렇게 보낸다. 1교시는 국어이다. 오늘도 똑같다. 수업을 시작할 때는 35분이 지났다. 수업시간은 40분이다. 그래도 지금이라도 집중해야겠다. 하지만 집중은 잘되지 않았다. 선생님은 시간표를 소개하지 않으셨다. 우리 반은 1교시 시작할 때, 계속 시간표를 소개해 주신다. 선생님은 오늘 독서 토론을 하신다고 했다. 하려고 준비만 하다가 한 명도 하지 못하고 끝났다. 어쨌든 내가 제일 좋아하는 시간이 왔다. 하지만 아직 쉬는 시간이 남아 있다. 어떨 때는 쉬는 시간이 없었으면 좋겠다. 그래도 귀한 쉬는 시간이다. 나는 자리에서 몸을 풀었다. 지금은 애들하고 오목을 두고 싶었지만 다른 애들도 다 나랑 같은 마음이었다. 옆에서 준비운동을 하고 있었다. 선생님은 우리를 보고 놀랐다. 선생님은 자리에 앉으라고도 못 하시고 운동하다 다칠 수도 있어서 가만히 있으시라고 했다. 선생님이 체육관으로 가자고 하니까 애들은 다 5분만 기다려 달라고 했다. 선생님은 안 된다고 했다. 그때 웃겼는지 선생님도 포근한 미소로 안 된다고 하셨다. 우리는 겨우겨우 자리에서 일어나서 줄을 서고 체육관으로 이동했다. 도착해서도 몸부터 풀었다. 애들이 하고 있을 때쯤 나는 다 풀고 서 있었다. 우리는 잘 풀어 놨다. 왜냐 팝스를 하기 전에는 몸 푸는 시간이 없기 때문이다. 나는 다행이라고 생각했다. 팝스가 시작했다. 먼저 유연성을 체크했다. 몸 풀지 않았을 때는 5cm였는데, 지금은 1등급 17cm가 나왔다. 이게 몸풀기의 중요성인 것 같다. 다행이다. 내가 1년 전에 테스트했을 때는 8cm였다. 그래도 지금은 실력이 많이 늘어서 다행이다. 공 튕겨 반대 손 받기였다. 나는 1등급을 했다. 다음 사이드 스텝이었다. 이것도 나

저도 다 생각이 있어요

는 못하지 않는다. 나는 2등급을 했다. 나는 35개를 했다. 이 정도면 좋은 편이다. 괜찮다. 다음은 무릎 쓸어 올리기였다. 이거는 크런치라는 동작하고 비슷하다. 나는 잘 못 한다. 그래도 내가 전에 집에서 유튜브로 보면서 연습을 했었다. 하지만 나는 1개만 더 하면 1등급인 58개를 해 버렸다. 내가 재도전은 없냐고 묻자 선생님은 안 된다고 하셨다. 그래서 결국에는 2등급이다. 다음은 왕복 오래달리기이다. 제일 어렵다. 그냥 많이 작은 마라톤이라고 생각하면 된다. 먼저 30개까지는 무난했다. 하지만 탈락자가 벌써 하나둘씩 나오기 시작했다. 60개를 가니까 애들이 절반은 탈락을 했다. 나는 94개를 했다. 나는 합계 2등급이 나왔다. 내가 3학년 때도 왕복 오래달리기를 했었다. 그때 내 친구 W가 있었다. W는 잘 뛰기로 유명하다. 우리가 시작하기 전에 우리는 딱 20개만 하고 끝내자 했는데, 우리 둘만 80개를 더 했다. 우리는 스윽 눈치를 봤다. 코웃음을 지었다.

"야, 진짜 우리 5개만 더 하자."

"아, 그래. 우리 그만하자. 힘들다."

"그럼 누가 더 빨리 들어오는지 시합하자!"라고 우리는 말했다. 그렇게 우리 둘은 1등급을 만들었다. 어쨌든 나는 열심히 했다. 전에는 105개나 했었다. 하지만 지금은 영 좋지 않다. 그리고 마지막 시합은 내가 이겼다. 그래서 걔한테 나는 제티를 받았다. 참고로 제티는 우유에 넣으면 초코 우유가 되는 마법의 가루이다. 나는 마침 우유가 남아 있어서 같이 타 먹었다. 원래 운동하고 나면 음료수인데, 초코 우유인 게 조금은 아쉬웠다. 그렇게 생각하는 도중 W는 뺏어 먹고 그래서 막 짜증 났던 기억도 있었다. 그러고 나는 평균 등급이 나왔다. 선생님은 총 2등급이라고 말해 주셨다. 높은 등급인데도 만족을 하지 못했다. 다음 팝스는 더 연습해서 총 1등급을 받을 것이다. 운동은 어려운 것 같다. 최선을 다해도 잘되지 않지만 또 어떤 날에는 되고, 밀당을 잘하는 친구인 것 같다.

나는 팝스를 했다. 나는 최선을 다했으니까 괜찮다. 나는 반으로 가서 자리에 앉아 두꺼운 잠바를 얼굴 위에 덮고 쉬었다. 지금 안 되는 일이 있을 수도 있다. 하지만 잘되게 될 것이다. 나도 이런 일이 많다. 처음부터 무조건 다 성공하는 사람은 없다. 많이 실패해야지 많이 성공한다. 안 좋게 된다고 실망할 필요가 없다.

저도 다 생각이 있어요

4

최선 안의
최고

    ○

'못해도 최선을 다하면 된 것이다.' 못해도 경험이 쌓여서 다음엔 잘할 수 있다. 그렇다고 다 괜찮다고만 생각하면 안 된다. 약간의 죄책감은 가져야 한다. 오늘은 내가 최선을 다했던 경험 한 가지를 알려 주겠다.

태권도를 갔다. 지금 도장 안으로 못 들어간다. 사람이 너무 많다. 그래도 사람이 없는 틈을 찾아 들어갔다. 나는 인사를 했다. 하지만 관장님은 인사를 받지 않으셨다. 나는 다시 했다. 보신 눈치였지만 무시를 하셨다. 관장님은 나에게 다가오면서 내게 인사를 하라고 하셨다. 나는 했다고 했다. 다시 하라고 했다. 소리가 작아서 안 들렸다며 다시 하라 했다. 나는 인사를 결국은 했다. 그렇다고 왜 화를 내실까. 그냥 예쁘게 말하시면 되는데. 준비운동을 했다. 말이 끝나자마자 바로 수업이 시작되었다. 시작 인사를 했다. 원래는 내가 제일 고품자여서 인사를 한다. 다른 애들은 다 2품이나 1품이지만 나만 3품이다. 하지만 오늘은 관장님이 나를 힐끔 쳐다보다 인사를 일부러 다른 친구를 시키셨다. 애들은 나를 시키라고 한다. 왠지 기분이 이상했다. 똑같이 달리기를 했다. 지루하기도 하지만 재밌기도 하다. 10바퀴를 뛰었다. 2품 애들은 일부러 뒤에 섰다. 관장님은 아무 신경을 쓰지 않으셨다. 그래서 나도 뒤로 몰래 섰다. 하지만 관장님은 나를 바로 보시고 빨리 앞으로 오라고 했다. 그래서 결국에 나는 앞으로 왔다. 다 뛰고 관장님은 나에게 준비운동을 시키고 사무실에 들어가서 샌드위치를 먹고 있으셨다. 샌드위치를 먹고 계시는지 아는 이유는 쓰레기통에 전에 드셨던 편의점 샌드위치 봉지가 있었고, 냄새가 솔솔 풍겼다. 그것도 계란마요 샌드위치였다. 오늘은 내가 준비운동을 진행시켰다. 나는 관장님이 개그를 하시길래 나도 해 봤다. 하지만 관장님이 귀가 좋으신지 그건 바로 알아차리시고 하지 말라고 하셨다. 품새를 했다. 1장부터 3품 품새인 태백까지 다 하니까 45분이 되었다. 나는 '레크리에이션'을 하나 했지만, 그것은 나의 망상일 뿐이었다. "애들아, 집중해! 이게 대회다~ 생각하고 열심히 해! 관장님이 너희들 하는 게 다 보여. 알겠어? 잘하려면 뭐야, 연습밖에 없어! 알겠어?"라는 이상한 말씀들을 한 5분 정도 더 하고 마쳤다. 나랑 같은 시범단은 딴짓을 하고 있었다. 이 말만 이번 주 안에 열 번은 하신 것 같다. 쉬는 시간이 됐다. 관장님은 연습을 하라고 했다. 쉬는 시간에 화장실도 물도 마시지 못한다. 나는 여자 관장님에게 물어봤다. 내가 가는 걸 보고 이제 관장님도 5분 쉬는 시간을 주셨다. 원래는 안 된다는데 겨우 줬다면서 온갖 생색을 부리셨다. 도장은 환기를 하지 않아서 더운데, 화장실은 밖으로 가야 해서 정

저도 다 생각이 있어요

말 시원했다. 일부러 나는 더워서 여기서 좀 있다가 들어갔다. 다른 애들도 그렇게 밖에 좀 들어갔다. 그때만큼의 시원함은 잊지 못할 것이다. 여름에도 에어컨을 틀지 않는다. 전기세 아끼려고 안 튼다. 이걸 아는 이유는 화장실을 갈 때 사무실 옆으로 지나가는데 통화나 목소리가 다 들린다. 그때 들었다. 그러고 가만히 있으면 안 덥다고 한다. 아니, 태권도가 몸을 움직이는 운동인데, 어떻게 가만히 있을까. 물론 관장님은 가만히 있으니까 안 덥겠다. 오늘도 호신술을 했다. 비틀어 피하기 응용 동작이었다. 이 동작은 아프다. 빨리 탭을 쳐야 한다. 근데 말처럼 쉽지가 않다. 나는 전에 당해 봤는데 신세계를 느꼈다. 오늘 나의 상대는 T형이다. T형은 나랑 같은 초등학교이다. 체구는 나보다 조금 작다. 연습을 해 봤다. 잘되지 않았다. 관장님에게 도움을 청했다. 말도 안 되고, 나를 봤다가 무시를 하고, 친구들을 도와줬다. 내가 한번 부르니까 이제야 온다. 답답하다.

"관장님, 걸어 꺾기가 어려워요."

"아니, 그게 뭐가 어려워! 하. 따라 해 봐. 하나! 둘! 셋!"

"아니, 그것도 못 해? 보여 줬잖아."라며 나에게 와서 내 몸으로 알려 주셨다. 그때 손목을 정말 세게 잡으셨다. 손목에 자국이 난 것 같았다. 이렇게 하니 됐다. 신기했다. 그러고 아팠다. 연습을 해서 당하는 사람보다 내가 더 아프다.

"오, 됐네요."

"거봐, 되잖아. 왜 안 된다고 해?" 아니, 관장님이 내 몸으로 해 줘서 한 건데. 나는 감사하다고 했다. 성공해서 기분이 좋았다. 다른 애들은 금방금방 성공한 것 같았다. 관장님은 혼자 할 수 있다는 신뢰가 없나 보다.

오늘도 해냈다. 관장님 덕분이다. 내가 좀만 더 생각해 봤으면 될 수 있었는데. 그래도 다행이다. 좀만 믿어 주시지 아쉽다. 오늘도 파이팅 했다. 왜냐, 최선을 다했기 때문이다. 오늘도 최선을 다했고 내일도 최선을 다할 것이다. 잘은 안 되겠지만 '천리 길도 한 걸음부터'라는 말이 있다. 지금부터 시작이다.

저도 다 생각이 있어요

5

오늘도
싸우나요?

○

"전에 화났던 일이 있었어도 끝난 거예요. 예전 일 가지고 뭐라고 하지 말아 주세요." 이미 잊어버린 기억이다. 근데 다시 잊으면 번거롭다. 예전 일로 예를 들면 끝도 없다. 어렸을 때 유치원 장기자랑에서 춤춰서 돈을 받은 좋은 기억도 있고, 가족한테 정말 크게 혼난 기억도 있다. 이제부터 전의 일은 잊어버리고 지금에 집중하면 좋겠다.

침대에서 일어났다. 엄마는 자고 있었다. 보통 내가 엄마보다 빨리 일어난 적은 별로 없다. 엄마를 깨우고 씻었다. 씻고 나오니 엄마도 주방에서 뭘 하고 있는 것 같았다. 알고 보니 손 씻고 있었다. 아침밥을 해 달라고 했다. 엄마는 집에 있는 반찬에다가 먹으라고 했다. 다른 걸 해 달라고 했다. 엄마는 떡볶이를 해 준다고 했다. 좋다고 하고 나는 책을 읽었다. 책 이름은 『말하고 싶은 비밀』이다. 며칠 전에 산 책이다. 책을 읽으니까 시간이 순삭되었다. 그렇게 책을 보다가 엄마가 밥을 먹으라고 하셨다. 엄마가 먹으라고 했다. 우와, 대박이다. 오늘은 떡볶이에 소시지, 어묵도 없고, 떡볶이 국물도 없다. 그냥 떡볶이가 아닌 떡 강정이었다. 가래떡을 구워서 양념을 발라 나에게 준 것이다. 내가 원하던 것은 이게 아니었다. 나는 이게 뭐냐고 물어봤다. 떡볶이라고 했다. 나는 떡 강정 아니냐고 물어봤다. 엄마는 웃으면서 그것도 맞다 했다. 아니, 나는 왜 이렇게 했냐고 물어봤다. 한 입 먹어 봤더니 양념은 맛있지만 떡 안은 차가워서 맛있진 않았다. 엄마가 한 것 중에 맛이 없는 것은 처음이다. 나는 화가 났다. 안 먹는다고 했다. 그리고 엄마랑 등을 지고 서 있었다. 엄마가 사과만 해 주면 되는데. 나는 엄마가 미안하다고 할 때까지 계속 이렇게 있었다. 엄마도 내가 화났을 때 이랬기 때문이다. 엄마가 화났을 때는 내가 싹싹 빌었다. 엄마는 나에게 어떻게 하는지 봤다. 그러다 이젠 엄마가 삐졌다. 왜 삐졌을까. 생각해 보면 내가 잘못한 것은 없다. 아, 내가 사과를 계속 받아 주지 않아서인 것 같다. 엄마가 화났을 때는 내가 삐져도 소용이 없지만 내가 삐졌을 땐 엄마가 삐질 수도 있는 것이다. 갑자기 내가 미안하다며 상태가 바뀌었다. 나는 엄마에게 미안하다고 했다. 다음부터는 그냥 엄마가 주는 음식을 주는 대로 다 받아먹고 화나도 빨리 푼다고 말했다. 그러니 엄마는 조금 기분이 좋아진 것 같았다. 하지만 엄마도 화가 났을 때 빨리 풀라고 했다. 엄마도 알겠다고 했다. 엄마가 "너 저번에도 이런 적 있잖아."라며 말을 했다. 나는 무슨 말인지 몰랐다. 저번에는 엄마가 화났었는데 내가 삐졌었다. 하지만 엄마는 자기 자신도 기분이 나빠서 둘 다 화해를 안 했던 적도 있다. 하지만 결국에는

저도 다 생각이 있어요

내가 엄마에게 미안하다고 했다. 그렇게 오늘은 화해를 하고 학교를 갔다. 이런 떡 강정 가지고도 싸우는 게 참 웃기다.

　도장에 갔다. 관장님이 인사를 받아 준다. 왠지 알 것 같다. 왜냐, 오늘 회비를 내는 날이기 때문이다. 기분 좋게 도장에 들어갔다. 돈을 내지 않는 날에는 인사를 요즘 말로 '씹는다.' 관장님은 왜 이러는지 모르겠지만, 오늘따라 다리 찢기가 잘됐다. 시작할 때부터 기가 좋다. 수업이 시작하고 달리기를 했다. 오늘은 장애물 달리기였다. 장애물 달리기에서 꼴등을 하면 팔 굽혀펴기 30개를 해야 한다. 정말 상상만 해도 끔찍하다. 무릎을 대도 되긴 하지만 그래도 힘들다. 시작 소리가 들리자 앞만 보고 빨리 뛰었다. 그래서 다행히도 2등을 했다. 5명 중에 2등이다. 그래도 꼴찌는 면했다. 하지만 첫 번째 판은 연습게임이었다. 아, 아깝다. 이런 건 없어야 하는데 첫판은 원래 연습게임이다. 다음 판에서는 내가 3등을 했다. 다행이었다. 그러고 남은 시간은 피구를 하였다. 피구는 언제나 재밌다. 하지만 오늘은 하기가 싫다. 근데 왠지 오늘따라 피구도 잘 맞춰진다. 기분이 좋다. 뭔가 다 잘된다. 쉬는 시간에는 내가 오늘 챙겨 온 파워 에이드를 먹었다. 운동하고 먹으니까 몇 배는 더 맛있는 것 같았다. 화장실도 다녀왔다. 최상의 컨디션으로 남은 시간을 할 수 있었다. 똑같이 처음엔 장애물 달리기가 아닌 달리기를 먼저 했다. 간단하게 뛰었다. 오늘은 호신술을 했다. 기본만 하다 끝났다. 관장님이 나를 격하게 때리셨지만 다 막았다. 과거의 나 좀 뿌듯하다.

　오늘은 내가 과거에 잘못했던 일과 잘했던 일 이 두 개를 보여 주었다.

과거에 잘한 일도 있을 것이고 과거에 잘못했던 일도 있을 것이다. 하지만 우리는 잘한 일만 생각하면 된다. 잘못한 것을 생각하면 지금이 더 안 좋게 된다. 잘못한 일을 예로 들면 끝도 없지만 좋은 일로 예를 들어도 끝이 없다. 이제는 과거가 아닌 현재에 최선을 다해야겠다. 지금은 잘 안 되겠지만 지금부터 연습하면 잘될 것이다. 오늘부터 시작이다.

저도 다 생각이 있어요

6

훈수는
다음번에

"고생 없이 얻는 건 없다." 엄마가 중국어를 알아서 엄마에게 중국어 수업을 듣는다. 오늘은 내가 엄마에게 중국어를 배우는 것을 보여 주겠다. 하는 게 쉽지는 않을 것이다.

이때는 2학년이었다. 오늘은 중국어 수업이 있다. 오늘은 엄마가 하는 게 아닌 다른 강사님이 알려 주신다. 강사님이 하는 수업은 재밌다. 하지만 어려운 건 마찬가지였다. 이때는 뭐가 뭔지도 몰랐다. 병음만 읽을 줄 알았다 나는 그래도 따라 읽었다. 오늘은 전에 배운 문장을 세 번씩 쓰라고 해서 정말 놀랐다. 오늘은 문장 네 개를 배웠다. 그럼 세 번씩 쓰면 열두 번을 써야 한다. 정말 힘들었다. 생각해 보면 요즘은 더 많이 쓴다. 어쨌든 그래서 나는 한 번 운 적도 있다. 나는 그렇게 수업을 마치고 저녁밥을 먹었다. 저녁은 언제나 떡볶이였다. 정말 맛있었다. 이모가 우리 집에 왔다. 누군지 잘 몰랐다. 엄마는 나의 친구라고 했다. 후에 듣기에는 엄마의 5년 지기 친

구라고 하셨다. 그리고 엄마는 나에게 수업을 했다. 중국어 수업을 이번에
는 엄마가 가르쳐 주신 것이다. 엄마는 중국어를 유창하게 잘하신다. 엄마
가 찰떡같이 이야기하셔도 나는 뭔 말인지 하나도 이해를 못 했다. 그만큼
나의 이해 실력은 좋지 않았다. 엄마는 계속 뭐라고 하셨다. 나는 잘 모른
다고 했다.

"엄마, 무슨 말이에요?"

"어쩌고저쩌고⋯."

"아니, 그러니까 한국어로 설명해 주세요. 아니, 엄마, 제가 모르니까 이렇게
말하는 것이잖아요. 한국어로 말해 줘요.'라고 했다. 계속 말했는데 역시 무용
지물이었다. 이것을 한 열 번은 반복을 한 것 같았다. 엄만 도무지 안 돼서
'몸으로 말해요'처럼 손으로 해 주셨다. 점점 갈수록 엄마가 하는 동작은 커
졌다. 아니, 퀴즈도 아니고. 웃기기도 하고, 짜증 나기도 했다. 엄마는 중국
어로 말하고, 나는 말해 달라고 하고. 엄만 〈개그콘서트〉 하듯이 계속 의견
을 냈다. 엄마는 한 번에 알려 주는 것이 아니라 이거에 관한 예시 문장을
들려주신다. 한두 번까지는 괜찮은데 계속하면 질리고 짜증도 난다. 엄마
는 결국에는 말하셨다. '바나나 먹으면 나에게 바나나' 이 말을 하고 싶었던
것이다. 나는 이해하고 빵 터졌다. 진짜 개그콘서트였다. 나도 개그를 했다.
"역시 엄마예요. 저는 뭐니 뭐니 해도 어머니!" 이러니까 둘 다 웃음이 절로
나왔다. 옆에 있던 이모도 웃는 소리가 났다. 이모도 나에게 수업을 해 주셨
다. 이모는 처음 단계부터 천천히 해 주셨다. 그러니 말하는 게 잘 들렸다.

저도 다 생각이 있어요

엄마도 이렇게 천천히 말해 주시면 좋겠다. 오늘은 처음 자음 모음을 배웠다. 중국어는 영어를 알고 있으면 쉽다. 나는 이땐 영어를 몰랐다. 그냥 K를 크라고 읽고 R을 르 발음이 난다는 것, 이 정도만 알고 있었다.

"오. 현우 이모랑 하니까 수업 잘돼?"

"네. 근데 엄마가 했던 것도 재밌었어요."

"그래?"라며 말하셨다. 하지만 많이는 아니었다. 그냥 예의상 말한 것이었다. 하지만 이해하니 조금은 재밌었다. 계속 수업을 하고 엄마는 주방에서 통화를 하고 계셨다. 오늘은 과일에 대해 배웠다. 포도는 중국어로 '푸타오'고, 또 망고는 발음이 '망궈'이고, 딸기는 발음이 '차오메이'였다. 한 7가지를 배워서 한 10가지를 배웠을 것이다. 그리고 단어 맞추기 게임을 했다. 게임이라고는 하지만 재밌지는 않았다. 하지만 딸기를 잘 몰랐다. 왜냐, 참외랑 계속 헷갈렸다. 이모도 엄마처럼 계속 중국어로 말하셨다. 한국어로는 말하지 않으셨다. 나는 전처럼 다시 한국어로 말해 달라고 했다. 중국어로 "참외 참외"라고만 하셨다. 좀 짜증이 났었다. 그래도 후에는 다시잘 말해 주셨다. 재밌게 끝냈다. 생각해 보면 엄마가 수업한 게 더 재밌었던 것 같다. 성취감도 있고 부담도 되지 않았다. 나는 이렇게 반복되는 말을 싫어한다. 하지만 이런 것도 다 경험이다. 다 내가 잘못해서 일어난 일인데 나는 짜증 난다고 생각한다. 어쨌든 오늘도 열심히 살았다. 내일도 이렇게 열심히 살 것이다. 나는 엄마한테 부탁할 게 있다. 내가 바라면 좀만부탁을 들어달라고.

아이들은 엄마에게 혼이 나는 순간, 자존감이 크게 상처받는 느낌이 든다. 이미 답답함과 스트레스에 시달리던 상황에서 엄마의 꾸중은 마치 부담과 실망을 더하는 것 같다. 자신의 행동이나 선택이 비난을 받을 때, 자책감이 강하게 밀려온다. 또 아이들은 스스로 부족하고 실패한 사람처럼 생각한다. 그래서 애들이 모르겠다고 할 때는 바로 말해 주는 것이 제일 좋다.

저도 다 생각이 있어요

7

안과

잘의 차이

"실수는 누구나 한다. 지금 실패할 수도 있다. 하지만 성공하는 게 더 많지 않은가?" 다음에 다시 잘하면 된다. 하지만 일부러 했으면 다음에는 잘되지 않을 것이다. 오늘은 나의 경험을 들려주겠다.

학교가 끝났다. 친구들은 같이 공원에서 놀자고 한다. 거의 매일 논다. 하지만 오늘은 놀지 않을 것이다. 왜냐면 딱히 시간이 없다. 나는 집에서 공부도 하고 글도 쓰고 퇴고도 했다. 그러니까 4시가 되었다. 조금은 힘들었다. 태권도는 5시 반이라 나는 엄마랑 배드민턴을 치러 갔다. 날씨가 구리구리해서 잘못하면 비가 올 수도 있을 것 같았다. 그래도 한번 가 봤다. 바람도 불지 않고 흐릿해서 배드민턴 치기 딱 좋은 날씨였다. 우리는 이번에 100개를 해 보자고 했다. 나는 어렸을 때 엄마랑 137개를 연속으로 쳤다. 생생히 기억이 난다 맞았다. 나는 배드민턴을 치는 소리 때문에 치는 것 같다. "팅팅탕탕!" 들으면 들을수록 재미있다. 처음은 내가 서브를 넣었다. 그렇게 50개까지는 좋았다. 하지만 52번째에서 엄마가 실수했다. 나는 엄마한테 칭찬을 받았다. 그러고 다시 이번엔 내가 실수했다. 하지만 87개에서 엄마가 못 받았다. 아쉽다. 13개만 더 하면 되는데. 나는 다시 100개 도전을 해 봤다. 이번에는 집중력이 떨어져서인지 40대 중반에서 끝났다. 다음은 30번 대에서 엄마가 실수를 하고, 41번째에서 내가 낮게 줬었다. 나는 다시 잘 살린 걸 딱 중간에다가 주었다. 다음 판엔 94까지 왔는데 내가 다시 못 받았다. 그래도 괜찮다. 다시 나부터 시작한다. 엄마는 잘 치는 것 같다. 못 칠 때도 있지만, 엄마가 실수를 해서 게임이 끝났다. 이번에는 엄마가 서브를 넣는다. 엄마는 길게 주었다. 나도 그만큼 멀리 주었다. 하지만 난 팔 힘이 안 좋아서, 네트 가까이로 왔다. 엄마는 나를 혼내셨다. 나도 잘 치고 싶었는데 너무 멀리 갔었다. 다시 했다. 나는 롱 서브를 했다. 빗나갔다. 원래는 잘하는데 긴장해서 이러는 것 같다. 나는 스매시, 클리어, 헤어핀 다 쉽게 치는데 이런 서브 실수도 한다. 여기에서 클리어와 헤어핀을 설명하면 클리어는 멀리멀리 길게 치는 것이다. 보통 랠리할 때 이 기술을 쓴다. 헤어핀은 공이 앞쪽으로 왔을 때 톡 쳐서 네트에 닿을락 말락하게 치는 것이다. 이 기술을 잘 쓰면 스매시보다 멋있다.

"황현우, 정성스럽게 좀 해. 대충하는 티가 나잖아."

"죄송해요, 실수예요."

"아니, 실수를 몇 번이나 하는 거야?"

"죄송해요. 더 잘 줄게요."

저도 다 생각이 있어요

"현우야, 제발 집중 좀 해라."

"알겠어요."라며 엄마가 나를 혼냈다. 그래도 화가 많이는 나지 않으신 것 같다. 엄마는 다시 시작했다. 엄마가 받지 못했다. 그렇게 내가 2득점을 따내자 엄마는 갑자기 웃으면서 이렇게 잘하면 안 되지라며 말하셨다. 나는 다시 기분 좋게 쳤다. 이때는 엄마가 해결책을 제시하면 좋다. 단순히 혼내기보다는 다음에는 어떻게 해야 하는지에 대한 말을 해 주면 좋겠다. 보통 아이들은 이런 말을 들으면 속으로 반항하는 마음이 생길 때가 있다. 모든 아이들이 그런 건 아니지만 나는 그렇게 느끼기 때문이다. "다음에는 이렇게 해 보자." 같은 제안이 좋다. 다시 이번엔 내가 다섯 번 실점을 했다. 엄마의 분노 게이지는 다시 오르기 시작했다. "야, 또 제대로 안 하네. 전까지 잘했잖아."라고 했다. 다시 나는 주눅 들었다. 그리고 또 3연패를 했다. 나도 잘하고 싶지만 잘 안 된다. 그리고 5시가 되었다. 지금 집 갔다가 태권도를 가면 딱 시간이 맞다. 기분이 안 좋은 상태로 집에 왔다. 나는 빨리 옷을 갈아입고 태권도에 왔다. 태권도장에서 애들은 앉아 있었다. 왜 무서운 분위기일까 했다. 오늘은 심사였다. 하지만 심사이면 연습을 해야 된다. 알고 보니 사범님이 애들을 혼내고 있었다. 애들이 설명을 해 줬는데 한 친구가 다른 친구하고 싸웠다. 하지만 옆에서 선배들은 가만히 있으라면서 제재를 하지 않았다. 싸운 두 친구가 혼나고 있었다. 그렇게 한 30분은 날아갔다. 그리고 남은 시간은 인성 교육을 받았다. 한 게 별로 없었다. 내 생각인데 시간만 대충 보내다 끝난 것 같았다. 그렇게 끝나고 나는 혼자서 연습을 했다. 오늘 못 했던 발차기도 차고, 호신술도 하고, 품새도 했다. 그러니까 7시가 되었다. 나는 빨리 짐을 싸고 집으로 왔다. 엄마는 떡볶이를 해 놓고 계셨다. 맛있게 생겼다. 그래도 엄마랑 나는 화해를 했다. 다행이다.

나는 오늘 배드민턴도 하고, 태권도도 했다. 그리고 싸웠다. 괜찮다. 화해를 했기 때문이다. 이렇게 싸웠다가 풀고, 오늘 같은 즐거운 날이 반복되면 좋겠다. 싸워도 화해하고 아니면 싸우지 않거나 잘 안 돼도 열심히 하면 된다. 하지만 대충한다면 잘될 수가 없다. 나는 내일도 즐거울 것이다.

저도 다 생각이 있어요

8

○

시간이
부족해요

"엄마들은 기다려 줬으면 좋겠다. 다 말하지도 않았는데 갑자기 끼어들면 기분이 상한다. 하지만 혼날까 봐 말하지 못한다. 기다리지 않으면 사람과 다툼이 있을 수 있다."

학교가 끝나고 오는데, 옆에 식당에서 삼겹살 굽는 냄새가 풍겼다. 입안이 군침으로 찼다. 창문으로 고기를 굽는 것을 보았다. 먹고 싶다. 나는 집에 왔다. 엄마는 밥을 먹고 있었다. 오늘 아침에 할 게 많아서 지금 먹는다고 하셨다. 엄마는 야채만 드신다. 어떻게 양배추에 밥을 넣고 먹을까. 아니, 양배추는 내 취향도 아니고 간도 안 돼 있는 쌈을 드셨다. 신기했다. 입을 저절로 피하게 됐다. 하지만 엄마는 먹으라고 하셨다. 나는 먹기 싫다고 했지만 엄마는 막 억지로 먹이셨다. 저절로 구역질이 나왔다. 그래서 바로 화장실로 갔다. 나는 구역질을 할 뻔했지만 엄마가 보지 않는 곳에서 겨우 했다. 국어, 수학이 오늘 홈런 숙제이다. 그중 수학은 오늘 단원평가다. 수학은 자신 있었다. 나는 수학이 재미있다. 하지만 재미가 없을 때도 있다. 싫어하는 애들도 많긴 한데, 나는 정말 재미있다. 오늘은 재밌을 것 같았다. 또 국어는 예습, 복습이었다. 먼저 수학을 했다. 단원은 분수에 곱셈이었다. 내가 좋아하는 단원이다. 그리고 실수가 많이 나오는 단원이기도 한다. 그래도 자신은 있었다. 17번 문제부터 서술형 문제가 계속 나와서 고비가 찾아왔다. '설명을 하자면 l에 p를 곱하려고 했다. 하지만 실수로 나눴다. 올바른 답을 찾으시오'였다. 이런 문제를 내가 제일 싫어한다. 엄마에게 도와달라고 했다. 엄마는 왜 그것도 못 하냐며, 원래의 식을 다시 완성하고 또 그 식을 구하면 된다고 하셨다. 하지만 나도 그건 안다. 하지만 답이 이상하게 나왔다. 검산을 해도 계속 0.1이 컸다. 이후에 보니 왜 실수가 많이 나오는 단원인지 알게 되었다. 그렇게 나는 한 문제에 30분을 했다. 채점 결과를 보니 1문제만 틀리고 다 맞았다. 그리고 나는 화장실을 바로 갔다. 시험 끝나고 바로 가려고 했기 때문이다. 정말 급했다. 그래도 한결 나아졌다. 그리고 나는 창문에 대고 야호를 외쳤다. 메아리가 쳤다. 옆 건물까지 크게 울렸다. 나는 말을 하고 부끄러워서 빨리 창문을 닫았다. 아무도 보지 않은 것 같아 다행이었다. 하지만 지나가던 나의 친구 Y가 내 목소리를 듣고 인스타그램으로 문자를 보내왔다. "현우야, 네가 창문에다가 소리친 거야? 나 지나가면서 들어 버렸어. 뭐 좋은 일 있어?"라고 왔다. 나는 아무 일도 아니라고 하고 넘어갔다. 그래도 Y가 착해서 다행이다. 원래 친구들은 막 놀리는데 좋은 친구를 사귄 것 같다. 나는 엄마에게 달려가서 맞은

저도 다 생각이 있어요

걸 보여 줬다. 엄마는 좋아하지는 않으셨고 "어, 그래. 잘했어. 현우야, 너 학교에서 이러면 안 돼. 그러면 애들한테 무시받아. 네가 관심받으려면 그런 행동을 해야지! 엄마라 받아 주는 거야. 계속 겸손 좀 해져라." 라며 화를 내셨다. 왜 이렇게 화를 내실까? 나는 칭찬을 받지 못해서 아쉽기도 했고 울 것 같기도 했다.

"엄마, 저 100점 맞았어요!"

"그래. 너 잘했다. 엄청 잘했어. 박수!"

"아나, 엄마, 좀만 성의 있게 해 주세요. 히히."

"현우야, 이렇게 바라는 게 많으면 안 돼. 커서는 이러면 못 살아." 내가 인정받고 싶어서 그런 것은 안다. 그래도 하지만 어린이 때는 다 받고 싶어 한다. 어린이까지는 관심을 주고, 어른 돼서는 안 받게 해도 된다. 칭찬만 해 주시지 말고 적당히 해야 된다. 한두 번씩은 말해 주면 좋겠다.

요즘 글을 쓰고 있다. 나는 겨우겨우 한다. 그래도 글을 쓰는 것은 재미있다. 즐겁기도 하고 타자를 두드리는 맛도 있다. 분량을 채우는 것도 쉽지가 않다. 1시간에 1매도 쓰지 못한다. 다른 사람들을 보면 타자가 빠르기도 하고 아이디어도 많아서 글을 잘 쓰시던데 정말 부러웠다. 나도 저렇게 되고 싶었다. 어쨌든 오늘 학교가 끝나고 집에 왔다. 아침에 글을 0.7매 쓰고 학교에 간다. 다녀와서는 다시 써야 한다. 원래 학교 끝나고는 애들과 놀이터에서 그네 타면서 노는 것인데 요즘은 잘 못 하고 있다. 그래도 저번 주에는 한번 떡볶이도 사 먹으면서 논 적이 있다. 그리고 집에 왔다. 집은 정말 더웠다. 밖은 햇빛이 쨍쨍하고 집에서는 에어컨을 틀지 않으니까 계속 나가 있고 싶었다. 엄마가 오늘은 에어컨을 틀어도 된다고 하셨다. 나는 기쁜 마음에 풀 파워로 틀었다. 하지만 엄마는 여름에도 추위를 타서 25도로 바꾸셨다. 갑자기 따뜻한 바람이 나오기 시작했다. 여름에는 이렇게 있는 게 국룰인데 아쉬웠다. 여기서 '국룰'은 어린이들에게 '이건 당연하다' 이런 뜻을 가지고 있다. 나는 집에 와서 컴퓨터를 켰다. 화장실로 달려갔다. 학교에서는 화장실 가는 것도 부담스럽다. 볼일을 보고 글을 쓰기 시작했다. 하지만 글 쓰는 것은 어려웠다. 나는 엄마에게 도와달라고 했다. 엄마는 아직도 이만큼밖에 못 했냐며 나를 혼내셨다. 처음에는 잘 써지는데 점점 뒤로 가면 갈수록 힘들어진다. 처음에는 막 발상이 잘 떠오른다. 근데 학교를 다녀와서는 무슨 내용인지 몰라서 잘 못 쓴다. 오늘은 특히 글을 쓸 때 잘 써질 때가 있고 안 써질 때가 있는데, 오늘은 딱 안 써지는 날이었다. 하지만 엄마는 빨리 쓰라고 했다. 그래도 어쩔 수 없이 알겠다고 했다. 좀만 기다려 달라고 했다. 하지만 10분 내에 다 쓰라고 하셨다. 벌써 쓰기 시작한지 30분이나 됐다며, 나를 재촉하셨다. 나는 알겠다고 하고 빨리 썼다.

　엄마는 조금씩 기다려 주었으면 좋겠다. 내가 잘못해도 조금씩 느려도 이해해 주시면 좋겠다. 나도 그만큼 열심히 해야겠다. 지금부터 시작이다.

　저도 다 생각이 있어요

사춘기 우리들의
속마음

1

○

어리면
해도 되나요? (1)

"매일 당하고만 살 수 없다. 나도 반박을 해야겠다. 어린이라고 봐주는 것은 없다. 어린이가 화나면 어떻게 되는지 모르나 보다." 사람들이 어린이는 얕잡아 본다. 절대 아니다. 사람들이 이상하게 생각하는 것이다. 애들도 당한 게 있다. 이제는 당하기만 하는 게 아니라 맞서 싸워야 된다. 오늘은 내가 정말 사이다로 반박을 했던 경험을 알려 주겠다.

오늘은 토요일이다. 학교에 가지 않는다. 또 요즘 방학이라 안 간다. 기분이 정말 좋다. 주말이랑 평일을 구분하지 못하겠다. 오늘은 친구들이랑 놀 것이다. 재밌겠다. 방학에는 쉬라고 있는 것이지만 나는 놀려고 있는 것 같았다. 오늘은 10시부터 놀았다. 술래잡기를 했다. 애들은 많이 모였다. 노는데 친구가 많으면 많을수록 좋다. 더 긴장감도 있고 왠지 모를 팀워크도 생긴다. 술래는 W였다. W는 달리기가 빨라서 얼마나 쫄깃쫄깃하던지 재밌었다. 우리 친구들은 능력표가 있다. 나는 "체력**** 스피드*** 커브***** 양각*****이다. 이래서 내가 속도는 느리지만 회전 구간을 잘 이용해서 제일 빠른 형도 나를 이기지 못했다. 그래서 내가 시민일 때의 위치는 장애물이 많은 구간이다. 나의 지금 술래인 O는 스피드가 5점이고, 커브는 2점 양각은 3점이다. 어쨌든 나는 장애물이 있는 곳에서 대기하고 있었다. 역시 술래도 나는 못 잡을 것 같아서 피해 다닌다. 나를 잡으려고 하면 체력만 빼는 것이다. 어쨌든 나도 장애물 밖으로 나왔다. 바로 알아서 나를 잡기 시작했다. 최대한 달려 봤다. 닿을까 말까 했다. 다행히도 잡히진 않았다. 술래가 짜증 나서 집에 들어갔다. 이유는 안 잡혀서 집에 들어가는 것이었다. 우리도 삐져서 다른 친구들하고 놀았다. 결국 술래가 나오긴 했지만 이번에도 술래하라고 하니까 다시 집에 들어갔다. 근데 그 친구는 걔네 집 창문으로 우리를 보고 있었다. 부러워서 말이다. 우리는 모른 척을 했다. 우리는 그렇게 한 시간을 더 놀았다. 이제 11시 반쯤이 되었다. 우리는 12시에 들어가기로 했다. 술래 엄마가 나와서 이렇게 말했다. "얘들아, 왜 이렇게 시끄럽게 노니? 어우, 정말 조용히 좀 놀아라. 어우, 시끄러워!"

"아니, 마당은 우리가 놀라고 있는 건데요. 착하게 말하시면 되지, 왜 그렇게 화를 내세요."

"하, 참 나. 그래~ 그건 그렇다 치고 어른이 말하면 대꾸하는 거 아니야."

"네, 알겠습니다. 근데 얼마나 좋은 인생 조언을 해 주실지 정말 궁금하네요."

"됐다. W, 너 얘들하고 놀지 마. 수준 떨어져."

"이모, 그러면 지금까지 우리 같은 수준 낮은 애들하고 논 W는 더 차원이 다르

저도 다 생각이 있어요

겠네요." 라고 했더니 그냥 집에 들어갔다. 이런 게 사이다라는 것 같다. 우리랑 같이 놀던 친구들도 "오!" 라며 놀라면서 칭찬도 해 주고, W 엄마가 뒤돌아서 갈 때 다 같이 말했다. "그래요. 우리한테 놀아 달라고 하지나 마세요. 얘랑 노는 거 저도 싫습니다. 이젠 같이 안 놀 겁니다." 그리고 우리는 기분 좋게 점심으로 라면을 먹으며 우정을 키우고, 오후에도 재밌게 놀았다. 우리는 라면 파티를 마당에 앉아서 하기로 했다. 햇빛은 쨍쨍하게 내리쬐고 있었다. 그래서 애들이 차가운 물을 가져와도 따뜻한 물이 되어 있었다. 잘하면 이 물로도 라면을 끓일 수 있을 것 같았다. 같이 먹고 집에 들어가서 3시쯤 집에서 게임을 하고, 다시 우리는 나가서 놀았다. 복도에서 우연히 오늘 싸운 애를 만났다. 그냥 우리는 다시 나가서 축구를 했다. 그런데 W는 특히 축구를 좋아한다. 그래서 결국엔 W 엄마와 W 둘 다 사과를 했다. "이모, 그럼 이모가 뒤돌아서 가고 있을 때 우리가 뭐라고 했는지 아세요? 너랑은 죽어도 안 놀아라고 했는데, 한 입으로 두말하면 안 되죠. 그리고 다른 친구들을 찾아서 노세요. 아니면 제가 소문을 낼게요. 그러면 친구를 사귀고 싶어도 못하는 왕따로 지낼 수도 있습니다. W가 아는 친구가 많을까요. 아니면 우리 다섯 명이 다 알고 있는 친구들이 많을까요.", "미안해 W랑 같이 놀아 줄 방법은 없을까?", "있긴 있어요.", "뭔데? 하라는 대로 다 할게.", "그럼 1년 동안 그 둘이 우리의 눈에 띄지 않는 것입니다." 참고로 우리는 다 같은 빌라이다. 그리고 우리는 곧 이사를 가서 1년이면 충분했다. 나는 그렇게 말하고 집으로 들어갔다. 하지만 우리는 반성을 다 한 W하고 다시 한 달 반쯤이 지났을 무렵 다시 같이 놀았다. 그래도 친구인데 이러는 건 아닌 것 같았다. 원래는 진짜 안 놀려고 했는데, 우리가 너무 격하게 나온 것 같고, 너무 뭐라 한 것 같아 엄마한테 혼날 것 같기도 했다.

오늘은 내 친구랑 잘 놀 수 있었는데 한 친구랑 싸웠다. 그래도 이런 적도 있는 것이다. 애들은 봐주는 것이다. 참아 주는 것이다. 얕잡아 보면 안 된다. 지금까지 애들을 너무 얕게 보았다면 지금이라도 바꾸면 좋다. 애들도 나처럼 그럴 수 있다. 참고로 W랑은 요즘도 재밌게 놀고 있다. 엄마한테도 말하니 잘했다며 칭찬을 해 주셨다. 오늘 저녁은 기분 좋은 저녁이 될 것 같다.

저도 다 생각이 있어요

2

어리면
해도 되나요? (2)

"계속 그러면 우리도 더 세게 나간다. 당하고만 살지 않는다."

오늘은 저번에 한 이야기의 뒷이야기다. 저번 글에서도 기분 좋게 끝났다. 오늘도 기분 좋게 끝날 것이다. 어린이도 감정이 있다는 걸 알고 있으면 더 좋게 될 것이다.

나는 W랑 놀고 있었다. 오늘은 각자 집에서 다 같이 브롤스타즈를 하고 있었다. 근데 그 W만 10등을 한다. 열 명에서 게임을 하고 있다. 연속 다섯 번이었다. W는 게임을 잘 못 한다. 나는 그 게임이 생기자마자 바로 했던 초창기 유저이고 W는 나보다 1년을 늦게 했다. 나는 일곱 살 때부터 했다. W는 8~10등을 하고 있었다. 근데 킬은 내가 다 했다. 그러니까 내 집 문을 차고 왜 나만 죽이냐고 물었다. 나는 순간 놀라서 "누구세요?"라고 물어봤다. 걔는 나보다 한 살 동생이지만 나에게 "나다."라면서 반말을 썼다. 왜 왔냐고 물어보니까 왜 나만 죽이냐고 물어봤다. "네가 게임을 할 때 내 옆자

리가 걸리니까, 상대가 너밖에 안 보여.'라고 했다. 근데 걔는 더 화나서 내 집

문을 쾅 닫고 갔다. 나는 무시하고 같이 하는 친구들한테 마당에서 놀자고

했다. 4자매 누나들은 좋다고 했다. 또 나랑 동갑 친구들도 좋다고 했고,

나보다 두 살 적은 애들도 된다고 했다. W도 논다고 했다. 그럼 열 명이다.

우리는 먼저 얼음땡을 했다. 술래는 세 명이었다. W, Y가 되었다. 양각을

잡으니까 무섭다. 나만 잡는 것 같았다. 첫판은 15분 시간이 지날 때 동안

잘 버텼다. 첫판은 이기고 두 번째 판은 나와 O(두 살 어린 동생), V(4자매 막내)가

걸렸다. 대체로 학년이 낮아서 한 명 더 술래를 정했다. B가 해 주기로 했

다. 나는 먼저 근처에서 친구들하고 떠들고 있는 W를 잡았다. 옆에 한 친

구가 있었는데 내가 오는 것을 봐서인지 누군지 보지 못했다. W는 얼음을

했다. 근데 W가 풀렸다. 근처에는 W밖에 없었다. 애들이 한두 번씩 몰래

누가 땡을 해 주지 않았는데 풀려나는 경우도 있다. 나도 이게 유행이 되

고 있을 때 한번 해 보았다. 어쨌든 나는 W를 잡았다. W는 잡히지 않았다

고 말했다. 나는 잡혔다고 했다. 지금은 W가 거짓말을 치는 것 같다. 근데

나의 머리를 치고 갔다. 내가 W보다 달리기가 빠르다. 내가 따라잡아서 치

면 안 된다고 했다. 하지만 다시 쳤다. 다시 가서 하지 말라고 했다. 'W, 하

지 마라. 알겠어? 아니면 나도 친다.'라고 했다. 하지만 W는 말을 듣지 않았

다. "알겠어. 그래. 그럼 나 잡아 봐. 메롱. 너 절대로 못 잡음."이라며 나의 머리

를 때리고 갔다. 나는 바로 따라잡았다. 나는 W보다 정말 빠르다. 그러고

나는 머리를 한 대 팍 쳤다. 그러고는 하는 말이 "애하고 놀아 주는 게 그럴

게 좋냐."라며 말했다. 나는 황당하기도 했고, 짜증 나기도 했다. 그래서 결국에는 나도 다시 W의 뒤통수를 아주 찰지게 때렸다. 정말 기분이 좋았다. 퐁 소리가 들렸다. 그러고 걔는 아파서 집으로 들어갔다. 우리끼리 다시 놀았다. 걔 한 명 가지고 그렇게 화날 필요는 없다. 근데 나보다 두 살 어린 애들도 간다. 이때는 몰랐지만 어린 애 엄마가 W 엄마랑 십년지기 친구라 편 들어 주려고 들어간 것이다. 나는 남은 여섯 명하고 놀았다. 경찰과 도둑을 했다. 나까지 합하면 여섯 명이라 경찰과 도둑을 더 쉽게 할 수 있다. 나는 신나게 놀았다. 그렇게 한 시간을 즐겁게 놀았다. 한 시간이 지나갔는지도 모르고 있었다. 이번에는 두 살 적은 애 엄마와 W 엄마가 우리에게 왔다. 우리한텐 편이 많다. 하지만 한 친구는 이렇게 싸우기 싫어서인지, 아니면 진짜로 변이 마려운 것인지 잘 모르겠다.

"현우야, 우리 W 왜 때렸니? 아이고, 아프다고 하잖아. 우리 W가 뭘 잘못했는데 그렇게 때려?"

"아이고. 셀 수도 없어요. 다 세어 드릴까요?"

"그렇다고 머리를 때리면 어떡하니?", "O 어머님, 참견을 하실 거면 아들이나 돌보세요. W 어머님, 제가 때린 거 인정하면 이모는 뭐 하실 건데요.", "그래, 내가 졌다. 야, 얘들아, 저딴 놈들하고 놀지 마." 전이랑 결말이 같다. 결국 걔네 둘은 차별을 받았다. 애들은 W와 O를 무시했다. 1개월 뒤 미안하다고 했다. 근데 그렇게 한 달을 버틴 게 더 신기하다. 나는 사과를 받기 싫다고 했다. 하지만 애들은 착해서 그런지 화해하자고 했다. 그래서 결국 우리는 사과를 받아 줬다. 나는 다시 행복하게 놀았다.

오늘도 싸웠다. 그래도 행복하게 끝나서 다행이다. 나는 다시 모두와 재밌게 놀고 있다. 나는 다시 싸우지 않고 싶다. 언제나 싸울 수도 있다. 하지만 화해하면 된다. 언제나 대처할 방법은 있다. 누가 뭐라고 해도 나는 내 말을 하면 된다. 보통은 애들이 싸우는 것을 말리신다. 하지만 어떨 때는 그냥 부모님이 옆에서 도와주기만 하는 것도 좋다. 그러면 당당함도 생기고 이로운 점이 많다. 그러니 싸우는 것도 하나의 좋은 경험인 것 같다. 오늘도 행복하다!

저도 다 생각이 있어요

3

노는 게
좋아요

"짜증 날 때는 나가서 놀아야 한다."

나는 엄마가 공부를 많이 해서 힘들며 나가서 놀라고 하면
좋다. 그만큼 많이 논다. 오늘은 내가 친구들하고 축구를 했던 경험을 알려
주겠다.

오늘은 공원에서 축구하고 놀 것이다. 상상만 해도 즐겁다. 지금은 학교
에 있다. 지금은 5교시였다. 이제 1교시만 더 하면 된다. 그리고 5교시 쉬
는 시간에 애들한테 좀 있다가 학교 끝나고 놀자고 했다. 애들은 된다고 했
다. 원래 한 친구가 더 오는 건데 학원 때문에 오지 못했다. 그 친구는 학원
을 많이 다닌다. 하루에 한 4~5개 다니는 것 같았다. 6교시는 지루한 국어
시간이었다. 솔직히 빨리 끝나면 좋겠다. 나는 선생님의 눈을 계속 쳐다보
았다. 나는 빨리 친구들에게 전화를 하고, 축구공을 챙겼다. 보통은 세 명
이서 놀았는데, 오늘은 네 명이다. 날씨가 흐릿흐릿해서 놀다가 비가 올 수

도 있을 것 같다. 우리는 같이 공원까지 갈 것이다. 지금 시간 2시, 공원에 도착했다. 바로 축구를 했다. 위에서 물이 떨어졌다. 별일 아니라고 생각했지만, 비가 많이 왔다. 그래도 우리는 상남자이다. 축구 경기 보면 수중전도 한다. 우리도 그렇게 할 것이다. 재밌겠다. 근데 조금은 불안하다. 엄마에게 좀 혼날 것 같기 때문이다. 일단 먼저 우리 공이었다. 2:2로 했다. 먼저 내가 뒤에서 공을 가지고 천천히 가지고 있었다. 근데 압박을 세게 해서라인이 밀렸다. 그래도 우리 팀인 R이 돌파를 잘해 가지고 바로 패스를 주었다. R이 느리게 뛰고 있을 때 내가 전력으로 뛰어서 침투를 했다. 그러고숏! 골인이다. 근데 오프사이드이다. 아깝다. 우리가 하는 거 보면 허술해도 진심으로 축구를 한다. 누구 한 명 봐주지 않는다. 축구를 시작했다. 다시 상대가 공을 찼다. 멀리 찼다. 순간 들어가는 줄 알았다. 잘 막았다. 내가멀리 가라고 손짓을 주었다. 그러니 달려갔다. 세게 찼다. 근데 빗나가 가지고 스로잉이 되었다. 멀리 있는 R에게 손을 들어서 미안하다고 했다. 괜찮다고 했다. 내가 애들에게 이런 제안을 했다. *"야야, 애들아, 우리 배고프지않음? 야야, 라면빵 하자."* 애들도 나랑 같은 마음이라 다 동의한다고 했다. 이번엔 나랑 N이랑 팀이었다. 첫판처럼 작전은 같았다. 먼저 라인을 밀리게 한 다음 침투를 해서 골을 넣는 것이다. N은 달리기가 그렇게 빠르지가않아서 둘 다 전력으로 뛰면 된다. 비가 생각보다 많이 온다. 그래도 할 수있다. 라면은 포기 못 한다. 근데 R이 그냥 승부차기로 하자고 한다. 나는좋다고 했다. O는 3개를 넣었다. 다음은 R이었다. R은 2개를 넣었다. 다

저도 다 생각이 있어요

음은 나였다. 나는 3개인지 4개인지 모르겠다. 마지막에 찼는데 잘못 차서 골대 앞에 선을 넘었는지 모르겠다. 나는 다시 찼다. 근데 차다가 뒤로 넘어졌다. 머리는 들어서 많이는 안 아팠다. 다시 찼는데 골이 들어갔다! 나는 세리머니를 했다.

"아, 수우우우우. 그냥 너는 우우우!"

"힝, 부럽다."

"아, 나는 일단 확정이죠. 아, 너무 나이스."

"제발 N! 5개 가자!"라고 했다 N은 축구를 잘한다. 다행이다. 3개를 찼다. 결국엔 R이 샀다. O는 육개장, N은 튀김우동, 나는 콕콕 치즈 스파게티를 먹었다. 약간 매웠긴 했지만 맛있었다. 하지만 먹다 보니 점점 매워져서 중간에 물도 사 먹었다. 사 먹으러 편의점에 가는 길에 혀가 불에 타는 줄 알았다. 나는 우유를 샀는데 다행히 1+1 세일을 해서 두 개나 먹게 되었다. 우유를 다 먹고 더 마시려고 했는데 알고 보니 편의점 가는 길에 아리수가 있어서 아리수를 마셨다. 근데 결국에는 물배만 채우고 끝나게 되었다. 그러고 R은 신라면을 먹었다. 우리는 라면 컵을 들고 건배를 했다. 맛있게 먹고 집으로 갔다. 먹는데 R이 라면을 떨어뜨렸다. 하필 신라면이라 국물이 다 튀었다. 집에 와서 보니 옷이 아주 엉망이었다. 엄마는 왜 이렇게 더러워졌냐고 물었다. 나는 놀다가 뒤로 꽝 넘어졌다고 했다 엄마는 조심 좀 하라고 하고 기분이 좋아도 적당히 좋으라고 하셨다. 잔소리로 들렸다. 그래도 나는 재미있었다. 근데 점점 잔소리가 심해졌다. 엄마는 전에 이야기도 꺼내고 그러셨다. 나 잘되라고 하는 말이다.

 오늘도 재밌게 놀았다. 하지만 혼났다. 나는 재밌게 놀았으니까 됐다. 엄마가 나를 혼내실 수도 있다. 하지만 안 좋게 생각하지는 말아야 된다. 재밌게 놀기만 하면 됐다. 엄마가 화내는 것도 다 나 잘되라고 하는 말이다. 나는 오늘부터 엄마가 하는 모든 말을 나를 위한 말이라고 생각할 것이다. 지금은 잘 못 해도 곧 있으면 잘하게 될 것이다.

저도 다 생각이 있어요

4

혼자의
책임감

○

"혼자는 다른 사람에게 기댈 수 없어서 무섭다. 하지만 그것을 성공해야 한다." 다른 사람이 와서 때릴 수도 있고 나에게 돈을 달라고 할 수도 있고 새치기를 당할 수도 있다. 오늘은 내가 혼자서 지하철로 두 시간 걸리는 곳까지 가서 재밌게 놀고 온 경험을 들려주겠다. 그리고 오늘은 게임에 관한 얘기가 많이 나올 것이다.

이때는 2학년이었다. 아침 9시, 씻고 갈 준비를 했다. 목적지는 강북구 미아사거리이다. 출발지는 우리 집 오류동이었다. 도착해야 하는 시간은 11시였다. 두 시간 안에 가야 한다. 그래도 잘할 수 있다. 1호선 오류동역에서 열차를 탔다. 나는 동대문이나 서울역까지 가야 한다. 나는 방향은 맞았다. 근데 서울역 가기 전에서 멈추는 구로행 열차를 타 버렸다. 어쩐지 왠지 지하철에 사람이 없다 했다. 나는 구로에서 내려서 다음 열차를 탔다. 이번 차는 동두천이었다. 노선도를 보니까 가는 게 맞다. 지금은 벌써

9시 47분이었다. 나는 동대문까지 시간이 남길래 가면서 브롤스타즈를 했다. 지하철은 인터넷이 있어도 진짜 안 되기로 유명하다. 사람이 많이 없어도 계속 랙이 걸린다. 나는 보이스톡을 하며 게임을 했다. 이어폰이 없어서 잘 들리지 않았다. 하지만 지하철에서 하는 게임은 정말 재미있었다. 게임할 때 버벅거려서 짜증이 나도 뒤를 돌면 창문 덕에 환하게 보여서 화가 바로 풀렸다. 게임을 한 네 판 했을 때 이번 역은 서울역이라고 들렸다. 조금만 더 가면 된다. 원래 여기에서 내려도 되지만 나는 두 판을 더 하고 잘 내렸다. 근데 여기서부터가 문제였다. 내가 진접역 방면으로 타야 되는데, 사당 방면으로 탔다. 그래도 동대입구역에서 잘 내려서 다행이다. 무사히 미아사거리까지 잘 갔다. 미아사거리역까지 오니까 10시 55분이었다. 그렇게 걸어서 25분 걸리는 거리를 15분 뛰어서 11시 10분에 도착했다. 가서 예배를 드렸다. 다윗과 다니엘 말씀이었다. 역시 '하나님은 착한 자를 돕는구나.' 이해했다. 나는 여기에서도 게임을 한다. 이번엔 아이스크림 빵이었다 나는 열 명 중 4등이었다. 나는 O형이랑 팀이 됐다. 게임을 시작했다. 나는 에드거, 형은 파이퍼를 했다. 나는 에드거가 나오자마자, 바로 25랭을 찍었다. 25랭크의 별명은 초록딱지인데, 이걸 랜덤 큐로 돌리니까 뭔가 이상했다. '랜덤 큐'란 말 그대로 랜덤으로 게임을 돌리는 것이다. 게임을 돌리는 것을 큐라고 한다. 이렇게 게임을 하는 상황에서는 잘하는 사람이 많아서 올리기가 쉽지 않다. 어쨌든 나는 그만큼 잘한다. 나는 먼저 덤불에서 기다리고 있었다. 하지만 잘하는 형이 점점 내 쪽으로 다가왔다. 그

저도 다 생각이 있어요

형은 요즘 새로 나온 베리라는 캐릭터를 하고 있었다. 나는 내가 먼저 가서 그 형을 아웃시켰다. 역시 숨어 있는 것은 능률적으로도 좋고 또 재미있기도 하다. 요즘은 한마디로 '존버'라고도 한다. 1팀이 남았다. 파이퍼가 뒤에서 천천히 상대를 맞춰 주고, 상대도 에드거 캐릭터라 들어오면, O형이 가젯을 쓰고, 우리 팀이 공격 세 번을 연속으로 쓰면 된다. 여기에서 가젯이 뭐냐 할 수 있지만 이것은 캐릭터에게 하나의 도구를 주는 것이다. 캐릭터마다 다르지만 효과가 비슷한 것도 있다. 물론 바로 마지막은 내가 마무리하면 된다. 역시 말한 대로 잘되었다. 계속 게임을 했다. 우리는 계속 1~3등을 반복했다. 우리는 1등을 해서 아이스크림을 먹게 되었다. 같이 점심도 먹었다. 오후에는 다른 게임도 하고 바둑도 두고, 보드게임도 했다. 바둑은 따먹기 바둑을 했다. 내가 이번이 네 번째이기 때문이다. 이번 게임은 43:44로 가까스로 이겼다. 재미있었다. 한 판 더 했다. 이번엔 50:47로 내가 이겼다. 우노에서는 아이템 카드가 한 개도 나오지 않았다. 꼴등을 했다. 그래도 괜찮다. 내가 오늘 행복한 게 더 많기 때문이다. 나는 꼴등이라 우리가 논 것을 치웠다. 벌써 5시가 됐다. 이젠 가야 한다. 보통 5시에 출발해서, 7시나 7시 반에 도착한다. 나는 인사하고 나와서 근처에 있는 편의점으로 갔다. 가서 삼각 김밥을 먹었다. 입안으로 쑤셔 넣었다. 그래야지 버스를 타기 때문이다. 버스에서는 음식을 먹으면 안 된다. 그래서 버스카드를 먼저 찍고 버스 출발 시간이 언제인지 물어본다. 어떤 날은 바로 출발을 해서 못 먹는 날도 있다. 한두 번씩은 몰래몰래 먹은 적도 있다. 그때 정말 좋았다. 노을이 지는 것을 보면서 삼각 김밥 한입 크게 베어 물면 이것보다 좋은 게 있을까. 나는 버스를 타고 미아사거리역에서 내렸다. 그리고 갈 때는 160번을 타고 갈 것이다. 그럼 환승 없이 갈 수도 있고, 버스에 종착역도 온수역 쪽이라 가까워서 괜찮다. 근데 어디 방향인지 모르겠다. 데이터도 없고 안 된다. 그래도 잘 탔다. 나는 맨 뒤에 탔다. 가는 데는 차가 막혀서 1시간이 더 걸렸다. 그래도 무사히 도착했다. 가는 데 오는 데 정말 무서웠다. 누가 막 끌고 가면 어쩌지 했다. 그래도 유치원 때 배운 걸로 하면 된다. "싫어요. 안 돼요. 도와주세요." 유치한 것 같지만 효과는 최고인 것 같다. 요즘은 믿고 사는 시대가 아니라 더 그렇다.

길을 잃어도 어떻게 가야 하는지 모르고, 데이터도 없어서 찾지도 못하는 이 무서운 걸 해냈다. 뭐든지 마음만 제대로 잡으면 할 수 있나 보다. 오늘도 열심히 했고, 내일도 열심히 할 것이다. 혼자의 도전, 재밌기도 하지만 무섭기도 했다. 하지만 잘했다. 어떨 때는 아이들도 혼자 하게 놔두는 것도 좋은 방법이다.

저도 다 생각이 있어요

5

○

친구들과의
관계

오늘은 내가 사춘기에 친구들과의 관계가 어떻게 변했는지 알려 주겠다. 요즘 사춘기라 애들이랑 더 많이 싸우는 것 같았다. 이 글을 쓰며 내가 배우게 되는 좋은 글일 것 같다.

학교에 갔다. 애들은 떠들고 있었다. 선생님이 없으셨다. 회의를 가신 것이었다. 나는 그런 애들이 이상해 보였다. 나는 자리에 앉아 책을 보았다. 좌우 심지어 위층까지 시끄러웠다. 앉아만 있었다. 나는 오늘 필통을 가져오지 않아서 친구한테 연필을 빌리러 갔다. 연필이 있긴 했지만 짧고 두툼했다. 그리고 연필을 깎으러 갈 때 선생님이 오실 것 같았다. 나는 애들이 떠들고 있어서 멀리 있는 친구에게 갔다. 가까이 있는 친구하고 사이가 나쁜 것은 아니지만 왠지 가기가 싫었다. 그래서 결국에 나는 그 친구에게 갔다. 그 친구는 소심해 내가 놀아 준다. 그리고 연필을 빌렸다. 나는 고맙다고 했다. 걔는 내가 더 고맙다고 했다. 정말 좋은 친구인 것 같다. 하지만 그때 하필 선생님은 반으로 들어오셨다. 선생님은 왜 일어나 있냐며 물으셨다. 나는 연필을 빌리러 다녀왔다고 했다. 하지만 선생님은 왜 나에게 멀리까지 갔냐고 물으셨다. 나는 "아니, 주변에 다 떠들고 있어서."라고 대답했다. 하지만 선생님은 "그래도 주변 친구들한테 물어보고 빌리면 되잖아."라고 하셨다. 내가 잘못한 게 맞기는 하다. 하지만 기분이 오늘따라 가기가 싫었다. 마치 영화 〈인사이드 아웃〉 같았다. 나는 짜증이 났다. 나는 "그 생각을 못 했네요. 죄송합니다."라고 하고 끝냈다. 내가 주위를 둘러보자 애들은 한심한 표정으로 나를 쳐다보고 있었다. 친구들이 떠들어서 연필을 못 빌린 건데 억울했다. 그러고는 시끄럽게 떠든 친구들은 혼내지 않았다. 진짜 선생님은 왜 저럴까? 이런 생각도 들었다. 한마디 하려고 했지만 참았다. 그러고 1교시 국어를 했다. 똑같이 뭐 별거 없었다. 재밌었다. 아, 근데 앞 친구하고 그 친구의 짝꿍하고 계속 종이 오목을 했다. 앞자리 친구는 오목을 두는 걸 걸려 버렸다. 나는 뒷자리에서 힐끔힐끔 쳐다보았다. 어떻게 두는지도 보였다. 나도 장난치는 것을 좋아해서 한 번은 해 보고 싶었다. 표정이 흥미로워 보였다. 근데 선생님한테 걸려 버린 것이다. 그래서 결국에는 오목을 둔 수만큼 '다시는 수업 시간에 오목을 두지 않겠습니다.'를 쓰게 되었다. 조금은 웃기기도 했다. 원래는 내가 먼저 말하려고 하다가 '네가 뭔데'라며 싸움이 날 것 같아 말을 하지 않았다. 2교시 연극 시간이다. 이 시간은 말대로 연극을 하는 것이다. 내가 체육 다음 좋아하는 시간이다. 정말 재미있다. 하지만 오늘은 우리 팀끼리 연극을 지금까지 배웠던 걸 써서

저도 다 생각이 있어요

하는 것이다. 딱히 주제 같은 것은 없다. 그러고 오늘 발표까지 마치는 것이다. 우리는 요즘 유행하는 빵빵이와 옥지의 한 장면을 만들어서 했다.

"빵빵아, 우리 빵 먹자! 너는 이름이 빵빵이라서 빵을 좋아해?"

"옥지야, 그런 드립 하지 마. 재미없어. 근데 나 빵은 좋아하는데."

"야, 그냥 좀 재미있다고 해. 그냥 하면 좀 받아 줄 것이지."

"아, 알았어. 우 와 정 말 재 있 다."

"하아아. 이놈 왠지 모르게 기분이 나쁘단 말이지(빵빵이를 때린다)."

(사람들이 막 사진을 찍는다.)

"으악, 아파!" 더 있는데 이제는 그만 말하겠다. 우리는 잘한 것 같았다. 어른들은 이게 뭐냐고 할 수도 있지만 애들은 조금만 잘해도 이렇게 칭찬을 한다. 나는 빵빵이 역할을 했다. 나는 역할 정하는 것에서 많이 싸웠다. 처음엔 가위바위보로 하면 되는데, 내가 하면 안 되냐고 싸웠다. 나도 주인공 역할을 하고 싶었다. 하지만 나는 친구 역할을 했다. 그러면서 애들은 싸웠다. 아니, 왜 저럴까? 나는 짜증 나서 다 하지 말라고 했다. 애들은 '어쩌라고'라며 무시했다. 그럼 나는 역할극에서 빠지겠다고 했다. 살짝은 삐졌다. 안 하면 너네 때문이라고 말한다고 했다. 원래 내가 안 하면 나의 잘못이지만 애들은 싸움을 멈추지 않을 것 같아서 이렇게 말했다. 그러니까 애들은 말을 들었다. 나는 이걸 선생님께 알렸다. 선생님은 싸우지 말라고 제지를 하셨다. 그래도 결국엔 연극을 무사히 마쳤다. 3교시는 영어였다. 시간이 많이 없었다. 바로 영어실로 출발해야 하기 때문이다. 그래서 다음 쉬는 시

간에 선생님은 5분 더 주신다고 하셨다. 우리는 좋다고 했다. 영어실로 가
는데 친구들은 떠들었다. 내가 말하려고 했지만 왠지 무서웠다. 선생님은
누가 이렇게 크게 떠들고 있냐며 말했다. 나는 가만히 있었다. 우리는 출석
번호대로 교과실을 간다. 나는 황씨라 마지막이었다. 그래서 선생님이 뒤
에서 떠드는지 보았다. 아니, 왜 나한테만 그럴까.

    오늘 선생님도 짜증 나고 애들도 짜증 난다. 왜 나한테만 이럴까. 나는
'오늘은 안 좋았으니까 내일은 좋겠다.' 하고 넘어갔다. 이렇게 넘어가는
게 지혜인 것 같다. 나는 안 좋게 생각하니까 이런 것 같다. 앞으론 좋은 생
각으로 바꿔야겠다.

저도 다 생각이 있어요

6

○

공감

"엄마들은 아이를 혼내기 전에 생각을 한 번만 해 주면 좋겠다. 나 때문에 이렇게 싸우게 된 건지, 아들, 딸이 잘못한 건지." 오늘은 엄마 때문에 싸운 경험 2가지를 알려 주겠다.

학교를 다녀왔다. 엄마는 집에 있었다. 엄마는 떡볶이를 해 놓으셨다. 맛있겠다. 먹어 봤다. 차갑지만 시간이 지나 떡에 양념이 스며들어서 맛있었다. 처음 한 떡볶이는 지금보다는 맛이 떨어진다. 맛있게 먹었다. 두 그릇을 먹었다. 거의 이 정도면 저녁을 먹은 것과 같다. 엄마는 누워 계시다가, 나한테 오셨다. 뭔가 힘들어 보였다. 엄마는 학교를 다닌다. 고등학교이다. 내가 엄마 거 문제를 풀어 보니 머리가 지끈거렸다. 고등학교 문제는 정말 어려웠다. 나는 고등학교에 가면 어떻게 풀어야 될지 고민됐다. 나는 다짐을 하고 글을 쓴다. 바쁘다. 3시에 끝나서 집에 와서 글 쓰고, 퇴고하고, 홈런하고, 태권도 다녀오고, 저녁에 특강까지 들으면 10시에 끝난다. 하지만 재밌다. 커서 내가 집에만 있으면 글이라도 써서 돈을 벌어야 한다. 지금 시간은 아까워하지 않는다. 오늘은 빨리 4시 반에 끝났다. 태권도를 가기 전 한 시간이나 남았다. 원래 15분 더 해야 하는 숙제를 빨리 끝냈다. 엄마랑 수다를 떨고 있었다. 어쩌다 내가 잘못한 얘기까지 왔다. 대충 내용은 내가 요즘 중국어 숙제를 제대로 안 한다는 것이다.

"현우야, 왜 요즘 숙제를 그렇게 대충대충해? 내가 안 보니까 그냥 넘어가지? 요즘 네가 공부하는 모습을 못 봤어."

"엄마가 없을 때 했어요."

"그걸 내가 어떻게 알아. 또 잔머리 굴리네?" 차마 중국어 테스트 해 보라는 말은 못 했다. 내가 잘 외우지는 못했다. 그래도 나는 열심히 한다. 매일 30분에서 40분은 한다. 나는 숙제 테스트를 해 보라고 했다. 점점 하기 전에 떨렸다. 나는 왜 이런 말을 했을까 무서웠다. 열 문제 중에서 2개를 틀렸다. 열심히 공부한 티가 나긴 한다. 나는 원래 한 5개 맞을 줄 알았다. "알겠어요. 그럼 저녁에 우리 외식해요."라고 했다. 엄마는 흔쾌히 수락을 해 주셨다. 나는 고기를 먹으러 가자고 했다. 엄마는 좋다고 하셨다. 다행히도 그렇게 화해를 했다. 엄마가 다음부터는 잘 알고 말하면 좋겠다. 계속 모르고 말하니까 나도 짜증 난다. 이런 말을 엄마한테 하고 싶지만 그렇게 하지는 못한다. 반항 같기도 하고 말하면 혼날 것 같기도 하다. 그래서 이런 말 자체를 하지 않는다. 다음에는 한번 해 보는 것도 좋을 것 같다.

오늘은 목요일이다. 오늘은 장터를 열었다. 우리 집 앞에서 열었다. 사람

저도 다 생각이 있어요

들에 소리로 시끌벅적했다. 신기한 물건들도 있고 붕어빵도 있고 옥수수도 있었다. 나는 바로 붕어빵집을 갔다. 기대됐다. 가서 아홉 마리 달라고 했다. 세 마리에 2,000원이다. 근처에 벤치가 있어서 앉아 붕어빵을 나눠 먹었다. 맛있었다. 엄마는 통화를 했다. ○ 선생님이셨다. 우리 반 담임쌤이 아니라, 따로 글을 배우는 선생님이다. 나는 뭐지 하고 옆에서 슬금 들어 봤다. 얘기는 전자책 출간 이야기였다. 전자책도 낼 수 있다는 것이다. 기분이 좋아졌다. 나는 더 먹을 생각에 하나만 더 시키면 안 되냐고 물었다. 엄마는 다음에 먹으라고 하셨다. 그러고는 엄마는 막 나보다 더 기뻐하셨다. 엄마는 기분이 좋다고 2,000원어치를 더 사게 해 주셨다. 선생님은 집에 와서 전화를 주시라고 했다. 엄마는 공원으로 운동을 하시러 갔고, 나는 집으로 와서 선생님에게 전화를 걸었다. 나는 오늘부터 퇴고를 하게 되었다. 그럼 곧 있으면 책이 나오는 것이다. 그런데 내가 통화를 하고 있을 때 엄마가 집에 돌아왔다. 엄마는 왜 예의 없게 말하냐고 물어보셨다. 대화하면서 "오, 음." 그런 감탄하는 말을 했는데, 엄마는 그걸 대답이라고 생각하셨다. 내가 오해라고 말을 하려고 하는데 말을 끊으셨다. 나는 말이 끝나자마자 아니라고 했다. 감탄한 것이라고 했다. 하지만 엄마는 믿지 않으셨다.

"엄마, 저는 ○ 선생님이 출판하는 법을 알려 주셔서 놀란 것뿐이에요. 대답이라고 착각하지 말아 줘요."

"아니, 그걸 내가 믿겠니? ○ 선생님한테 물어봐?"라며 싸웠다. 엄마가 오해한 것이다. 끝까지 믿지 않으셨다. 나는 그래서 전화를 해 보라고 했다. 엄마는 내게 잘못한 걸 알고 미안하다고 했다. 나는 다음부터 그러지 말라고 부탁했다.

오늘은 오해 때문에 싸웠다. 하지만 화해를 해서 다행이다. 엄마도 살다 보면 잘못할 때가 있다. 하지만 나를 돌아보면 좋다. 그럼 누가 잘못한 것인지 구별할 수 있다. 아이가 잘못한 것일 수도 있다. 그때는 혼내도 된다. 내가 잘못한 것이 아니면 죄책감을 가져 주면 좋겠다. 그렇게만 해 주면 좋을 것 같다.

저도 다 생각이 있어요

싸움 X

"화가 날 수는 있다. 하지만 너무 화나면 안 된다. 그럴구나 하고, 넘어가면 된다. 나도 전까지는 막 짜증 났는데 지금은 그렇지 않다. 나는 무시를 한다." 오늘은 화나도 편안하게 대처하는 방법을 알려 주겠다.

　학교에 갔다. 앉아서 책을 봤다. 1분이 안 지나서 애들이 몰려왔다. 저번에도 그런 적이 있는 것 같다. 1교시는 체육이었다. 1교시부터 좋아하는 과목이라 기분이 좋다. 오늘은 피구를 하신다고 했다. 요즘 따라 체육 실력이 내려간 것 같다. 전에 실력이 다져져 있어서, 괜찮을 것이다. 피구는 참 처참하게 세 판 다 졌다. 우리 팀이 실력이 안 좋은 건지, 상대가 잘하는 건지 모르겠다. 조금은 부러웠다. 끝날 때마다 상대는 세리모니를 하고 있었다. 짜증 났지만 참았다. 이 정도는 참을 수 있다. 끝나고 애들이 내 자리로 몰려와서 이야기를 했다. 아니, 왜 내 자리에서만 이야기하는지 모르겠다. 짜증 날 수도 있지만 '훗. 내가 이만큼 인기가 좋나? 얘들아, 무슨 얘기해?'

라고 생각하면 된다. 이게 생각의 차이이다. 근데 애들에게 이렇게 대놓고 말하면 아싸가 될 수 있다. 참고로 아싸는 인기 없는 친구를 말하는 말을 원영적 사고라고 한다. 아이돌 아이브 장원영에 비유를 한 것이다. 어쨌든 그래서 이런 말은 하면 안 된다. 언제나 좋은 관점으로 보면 편하다. 그래서 결국 나는 기분 좋게 1교시 쉬는 시간을 보냈다. 1교시에 체육을 진 것도 왠지 기분이 좋아졌다. 2교시는 미술이었다. 우리는 다 같이 모여서 미술을 했다. 미술을 하면서 대화하면 얼마나 시간이 빨리 가는 거지 모르겠다. 선생님은 조용히 하라고 하지만 우리가 그렇게 할 리가 있나? 우리는 그런 것도 모르고 재밌게 떠든다. 일종의 반항 같지만 선생님은 그냥 너그럽게 봐주신다. 이제는 익숙해지셨나 보다. 미술 시간에는 이렇게 떠드는 맛이 있는 것 같다. 미술을 하면 지겨운데 이렇게 하면 쉽다. 선생님도 우리의 열정에 이제 지치신 것 같다. 오늘 수업은 풍경화를 그리는 것이었다. 나는 창가 자리에 앉아 있어서 정말 좋았다. 운동장을 그리는 거였는데 애들이 축구하는 모습이 보였다. 웃기기도 했고 골을 넣지 못하는 장면이 안타깝기도 했다. 그런데 애들이 축구를 하다 골을 넣었다. 우리 창문 쪽으로 세리모니를 하다 나랑 눈이 마주쳤다. 나랑 애들이랑 노는 것하고 비슷했다. 그러고 한 명은 나한테 소리를 지르며 이렇게 말했다. "현우 형! 4학년 2반 11번 잘생겼다. 와와!"라며 소리를 질렀다. 근데 그게 얼마나 큰지 우리 반까지 울려 퍼졌다. 참고로 우리 반은 4층이었다. 애들은 큭큭대며 웃었다. 나도 덩달아 웃었다. 나는 애들이 축구를 하는 걸 그리기로 했다. 나

저도 다 생각이 있어요

는 잘 그리고 싶었지만 결과는 이상했다. 남자애들은 무조건 우리가 아는 직선으로 몸을 그리고, 얼굴은 다 웃는 표정으로 그렸다. 다른 남자애들은 나랑 비슷하다면서 좋아하지만, 여자애들은 미술가처럼 잘 그렸다. 애들의 섬세한 디테일, 머리카락, 축구공 옆에서 심판하는 선생님. 나도 저렇게 잘 그리고 싶었다. 하지만 이 열정은 딱 봐도 작심삼일이다. 왜냐, 나는 그림 보다 체육을 좋아하고, 관심도 없기 때문이다. 그렇게 나는 여자애들의 그림을 잘 보았다.

"와. 여자애들 실력이 장난이 아닌데?"

"히히힛. 역시 나야!"

"아휴, 그래. 애들아, 잘했어." 선생님은 여자애들을 칭찬해 주셨다. 어떻게 바람의 세기까지 맞췄을까. 나에게도 바람이 부는 것 같았다. 내가 이 말을 실제로 했다. 애들이 방금은 진짜 바람이라고 놀렸다. 선생님이 환기를 시키고 있어서 그런 것이었다. 조금은 현타가 왔다. 옆에서는 애들이 다 같이 있다. 학교가 끝나고 방과 후를 하러 갔다. 또 3교시에는 국어를 했다. 국어는 재밌으면서도 심심하다. 보통 사람들은 열심히 들으면 재미도 있고 심심할 틈이 없다고들 하는데, 나는 그렇게까지는 흥미를 느끼지 못하는 것 같다. 4교시에는 수학을 했다. 오늘은 표와 그림그래프에 대해서 배웠다. 정말 쉽다. 잘 보고 잘 그리기만 하면 90점 이상은 쉽게 맞을 수 있다. 학교가 끝나고 축구 방과 후가 있었다. 우리 팀은 대체로 잘하는 것 같았다. 스트라이커 O, 전설의 수비수 R, 달리기가 치타급인 N이 있다. 하지만 상대편도 만만치는 않았다. 하지만 애들은 가만히만 있었다. 우리 팀은 일곱 명인데 가만히 있는 친구는 세 명이었다. 그래도 우리 네 명끼리라도 잘해서 두 골을 넣었다. 하지만 우리는 4:2로 2배 차이로 져 버렸다. 그러니 힘들 수밖에 없다. 아니, 좀만 나가면 좋겠는데. 나는 나가라고 했다. 나는 이때까진 몰랐다. 이렇게 시키는 것은 나쁘다는 걸 나는 오늘 알았다. 시키는 걸 하면 안 좋은 것을 알지만 내가 사춘기가 와서인지, 짜증 났다. 나는 이렇게 많이 시킨다. 하지만 이런 짓이 좋지 않은 것을 알고 있다. 근데도 나는 계속하게 된다. 이런 것은 내가 내 마음을 잘 다스리지 못해서인 것 같다. 다른 사람들 같으면 이렇게 시키지도 않고 옆에서 응원을 해 주는데, 도와주지 못할망정 내가 옆에서 이렇게 시키는 게 좀 부끄러웠다. 나도 이제부터는 신경 쓰지 않고 나부터 잘해야겠다.

오늘은 내가 짜증 나는 걸 보여 줬다. 나도 안 그러고 싶지만, 계속하게 된다. 엄마는 이걸 내가 초2 때부터 알려 주셨다. 하지만 실천은 잘되지 않았다. 이제부터는 그러지 않을 것이다. 이제는 알았으니까 지금은 잘 안 되겠지만, 지금부터 연습하면 될 것이다!

저도 다 생각이 있어요

이렇게 『저도 다 생각이 있어요』가 끝났습니다. 이 책을 여기까지 완독해 주신 것도 감사드리고, 옆에서 글감을 준 친구들도 고맙습니다. 저는 이 책을 쓰면서 참 어렵다는 생각을 많이 했습니다. 글 쓰며 분량도 채우기 어렵고, 글도 수정해야 되고, 매일 선생님한테 혼나고 그랬습니다. 그렇게 안 좋은 시절도 보냈지만, 결국에는 버텨 냈습니다. 그럼 된 거죠. 학교에서는 화나도 친구들이 있어서 버틸 수 있는 것 같습니다. 이 책이 비록 많이 부족하지만 끝까지 읽어 주셔서 감사드립니다. 지금은 비록 책 한 권 낸 부족한 학생이더라도, 점점 더 노력해서 성장하겠습니다. 우리 친구들 사이에서 유행하는 좋은 말 하나가 있습니다. 어른들끼리 쓰는 '한잔해'라는 표현인데요. 보통 '이지(easy)하잖아. 한잔해!'라고 합니다. 이게 살아가는 데 좋은 말인 것 같습니다. 안 좋은 일이 있어도, '해결했잖아. 한잔해!'라며 다독일 수 있고, 참 많은 의미가 있는 것 같습니다. 저도 한 번씩 삶이 버거울 때 말합니다. 마지막 마무리는 이 '이지하잖아. 한잔해~'로 끝내겠습니다. 오늘도 수고하셨습니다.

"그거 뭐 이지하잖아. 한잔해~"

저도 다 생각이 있어요